变笨了，请多关照

（日）信友直子 著

杨淼 译

ぼけますから、
よろしくお願いします。

天津出版传媒集团

天津人民出版社

图书在版编目（ＣＩＰ）数据

我变笨了，请多关照 / (日) 信友直子著；杨森译
. —— 天津：天津人民出版社，2021.10
ISBN 978-7-201-17652-9

Ⅰ.①我… Ⅱ.①信… ②杨… Ⅲ.①纪实小说–日
本–现代 Ⅳ.①I313.45

中国版本图书馆CIP数据核字 (2021) 第184300号

BOKEMASUKARA,YOROSHIKUONEGAISHIMASU by Naoko NOBUTOMO
Copyright © Naoko NOBUTOMO 2019
All rights reserved.
Original Japanese edition published in 2019 by SHINCHOSHA Publishing Co., Ltd.,Tokyo
Simplified Chinese translation rights arranged with SHINCHOSHA Publishing Co.,Ltd.through
BARDON CHINESE CREATIVE AGENCY, Hongkong.
Simplified Chinese translation copyrights © 2021 by Fengxuan Culture Media Co.,Ltd, Shanghai
Photo © Naoko NOBUTOMO

合同版权登记号：图字02-2021-106

我变笨了，请多关照
WO BIAN BEN LE,QING DUO GUANZHAO

（日）信友直子 著　杨森 译

出　　版	天津人民出版社
出 版 人	刘　庆
地　　址	天津市和平区西康路35号康岳大厦
邮政编码	300051
邮购电话	(022) 23332469
电子信箱	reader@tjrmcbs.com
责任编辑	玮丽斯
特约编辑	胡元曜 钱苗苗
制版印刷	上海盛通时代印刷有限公司
经　　销	新华书店
开　　本	787毫米×1092毫米　1/32
印　　张	7.25
字　　数	115千字
版次印次	2021年10月第1版　2021年10月第1次印刷
定　　价	42.00元

版权所有 侵权必究
图书如出现印装质量问题，请致电联系调换（022-23332469）

注：书中出现的图片均为作者信友直子提供，是他们的真实生活写照。

前　言

　　"我变笨了，请多关照"——这是 87 岁的母亲在 2017 年的新年亲口对我说的话。辞旧迎新的那一瞬间，说完"新年好"这句新年祝福后，母亲说"今年我变笨了，请多关照"。

　　我作为导演参与电视纪录片的制作已有 30 多年。我采访过各种各样的人，也制作了很多节目。但出乎意料的是，2016 年我亲自制作了富士电视台《周日先生》的专题节目，讲述自己的父母——现在 98 岁的父亲和 90 岁且患有阿尔茨海默病的母亲的故事。节目内容是从我这个离家生活的女儿的视角，观察高龄夫妇彼此照顾的日常生活，因为观众们的反响比预想的热烈，于是就做成了系列节目。之后我还担任了导演、摄影、解说员，制作了名为《我变笨了，请多关照》的纪实电影。

　　当我考虑将患有阿尔茨海默病的母亲的故事拍成电影时，脑海中立刻就浮现出了想用这句话来作为电影名。因为这句话可以将母亲的为人和阿尔茨海默病的情形都体现出来，我认为没有比这个更适合的了。

首先是母亲的性格。母亲以前就是一个喜欢说一些自嘲的话、用黑色幽默来逗笑旁人的人。

比如，在我45岁确诊乳腺癌的时候，我认为作为母亲和女儿一起哀叹也是不足为奇的。但她却像平时一样，不，是比平时还开朗地拿自己和我开玩笑，让我转悲为喜。母亲对因需用手术切除部分胸部而感到不安的我说："如果你不嫌弃我下垂的胸部，我随时都可以给你。"还会对因抗癌药的副作用而导致头发脱落的我说："喜剧小品里经常出现那种秃头戴的假发，你看上去就像戴着那个假发似的。"

从这个意义上来说，"今年我变笨了，请多关照"这句话非常符合母亲的说话风格，充满自嘲式幽默的"今年的愿景"。

然后再说阿尔茨海默病。

也许有人会想：得了阿尔茨海默病的人是因为智力减退，不就意识不到自己生病了吗？其实他们本人是最痛苦的。我一直在母亲身旁观察她，所以可以肯定这个事实。

对于自己开始变得异常这件事，他们本人是最清楚的。

以前能做的事为什么做不好了呢？自己今后会变成什么样子呢？不会给家人添麻烦吗？……患阿尔茨海默病的人心里充满了不安和绝望。母亲有时也会哭着说："我会给你们添麻烦的，我好想死。"她曾经是那么开朗，对任何事都能一笑了之。

听到母亲这样说，我也想和她一起哭。实际上，刚开始的几年里，因为对母亲感情太深，我也经常哭。我认为最开始在《周日先生》上制作母亲患有阿尔茨海默病的节目时，大概是我最抑郁的一段时期。播放了父母的VTR之后，我登上演播厅。现在看到自己当时的视频，憔悴而面色枯槁的样子令我感到震惊（也有人说现在我身心都恢复了健康，但太胖了）。

在《周日先生》节目中以专家身份一同登台的阿尔茨海默病专科医生今井幸充，在电影拍摄完成后还和我一起参加了访谈节目。他感慨道："我到现在才敢说，你终于重新振作起来了。那时候的你是一副要和母亲共赴黄泉的架势，让人心疼，我都不知道该怎么劝你才好。"（让今井医生担心了！）

这几年我切身体会到人类是一种学习型动物。就算我被母亲的情绪影响和她一起哭，也只会让自己意志消沉，解决不了任何问题。这一点并不是别人指出的，而是我自己逐渐意识到的。

而且，母亲说完"我变笨了！我会给你们添麻烦"之后，哭一阵子就会筋疲力尽地睡过去。但下一次醒来的时候，就把自己哭过的事情忘得一干二净，恢复到空当状态。然后，她还会不可思议地对因感染了母亲绝望情绪而仍在哭泣的我问道："你怎么了？为什么哭？"还拼命地安慰我，"不要哭啦。"

我当然是回复："不，不，妈，是你把我弄哭的。"但是她本人完全不记得了。该说这是一场闹剧还是什么好呢？这么一来，已经是一部喜剧了吧。所以我意识到，光是这样折腾下去，自己很吃亏啊。从那以后，每当母亲情绪不稳定时，我就会立刻把她带到被窝里哄她睡觉："快睡吧，快睡吧。"我也学到了一招。

像这种由母亲的阿尔茨海默病引发的滑稽故事数不胜数。而且，如果我和母亲一样唉声叹气的话，无论如何都会觉得这是一场悲剧。但换一个角度来观察，就会觉得很好笑，并认为这是一场喜剧。

"用特写镜头看生活，人生就是一场悲剧，但用长镜头来看，则是一场喜剧。"

这是喜剧之王卓别林的名言。现在我深感果如其言。

如何感受已经发生的事情，关键在于自己视角的投射方式、捕捉方式。因此，自己钻研捕捉方式，尽可能笑着开心地度过必然是更好的。无论发生什么事，人生还是快乐的人会取得胜利。意识到这一点之后，父亲和我就把母亲的阿尔茨海默病当作闲聊素材，笑得越来越多。例如"妈妈说了这种话""又忘了"之类的。

或许会有人感到不妥，认为这样太不谨慎了。但是对父亲和我来说，这些对话就像是让生活变得愉悦的润滑剂，也是增强两个人连带感的"内部素材"。而且母亲原本就是一个喜欢自嘲式话题和黑色幽默的人，所以如果牺牲自己可以为家人提供笑料的话，毋宁说是母亲的夙愿。

自从母亲得了病，我们一家三口就不得不做出改变。但这绝不是坏事。当我意识到这一点的时候，我开始考虑以电影的形式来保存家庭记录。因为作为女儿，作为电视节目制作人，我用摄像机记录了我家发生的所有事情，视频素材很丰富。

视频里，我对母亲的异常只会感到惊慌、不知所措。与我相比，90多岁的父亲不为任何事所动，泰然自若地接受一切的姿态让我感到震惊。他自然而然地承担起母亲不能做的家务，洗衣做饭，最后连针线活都做……父亲也没有不情愿，而是一边哼着歌一边做。

父亲一直以来都没有拿过菜刀，却用很危险的动作为母亲削她喜欢的苹果。

母亲说想吃乌冬面，父亲就兴冲冲地买回来做给母亲吃。

父亲还为母亲洗内衣，用和母亲一样的叠法来叠衣服。

父亲经常会试着理解母亲的心情，早上也不会对一直不起床的母亲发火。母亲偶尔早起的时候，他还会赞扬母亲："今天起得真早。你太了不起了！"

正因为我是一边录像一边用客观的视角进行观察，所以才意识到父亲是一个在"当妻子陷入困境时，能够竭尽全力做到如此程度的好男人"。于是我想到，父亲一定是没有意识到自己在照顾母亲吧。他只是一如既往地和母亲一起努力地过着每一天。

"你妈妈身体状况变差了些，我能做的我就替她做吧。上了年纪，没办法啊。"父亲一定是以这种自然状态接受了母亲的病的吧。父亲帅得让我感到意外啊！

而且，母亲以前也是一个很独立的人，从来不向父亲撒娇。但自从得了病之后，不知道是摆脱了禁锢还是得到了解放，母亲不论做什么都要依赖父亲。

母亲早上躺被窝里问父亲："我是起来还是不起来呢？你觉得怎么办好呢？"

当听到父亲回答"现在是早晨，起来吧"的时候，母亲就从被窝里伸出手说："那你拉我起来嘛。"母亲这样任性，父亲似乎也没有不开心，而是一边握着母亲的手一边问："怎么啦？"

这样一来，连我这个女儿都无法介入他们两个人之间了。毕竟从我出生之前算起，他们之间已经有长达 60 年共同生活的历史了。

此外，我还有另一个发现。那就是父母虽然上了年纪，还依然有着牵挂我这个女儿的慈爱之心。父亲已经 90 多岁了，明明到了需要别人照顾自己的年纪，却一直对提议回家照顾母亲的我说："我身体还硬朗的时候，我会照顾你妈妈，你就做你的工作吧。"母亲虽然因为生病不能做饭，但每次我回老家的时候，她都会担心我的饮食，说："大老远地回来了。晚饭弄点什么呢？你想吃什么？"

在剪辑视频的时候，我有很多次因父母关爱而感动流泪的瞬间。但仔细想想，我之所以能意识到父母的爱，都是因为母亲得了病。这么一想，母亲的病或许是上天赐给我们家的礼物吧。

就这样，《我变笨了，请多关照》作为一部纪实电影，于2018年11月在剧场上映了。

最开始只是在东京中野的迷你剧场一个场馆上映。令人震惊的是，从第一天开始就每天座无虚席。大家又哭又笑，观众也非常热情！观影后，有很多人跑到我身边聊起了自己的故事说："我家也是……"

然后是广岛、大阪、名古屋、福冈……电影放映的范围犹如波浪一样扩散开来，现在在全国近100家电影院和各地的放映会上，有超过10万名观众观看了我们家的故事。

我认为能传播到如此程度，是因为观众们和自己的家人反复观看了这部电影。电影中出现的是我的父母，但观众们在银幕上看到的一定是自己的父母、自己的回忆、自己的将来吧。

阿尔茨海默病、老老看护、远距离看护、看护离职，这些对于任何人来说都绝不是事不关己的问题。因为据说到2025年，阿尔茨海默病患者在日本范围内将超过700万人。实际上算下来，

65岁以上的老年人中，每5人就会有1人患有阿尔茨海默病。

阿尔茨海默病现在还不是可以治愈的疾病。但即使得了这个病，也没必要绝望，也会有快乐的事情发生。只要找到快乐的事情就可以了。电影中也包含了这种想法，但还有很多电影中未出现的小插曲，所以我就想，还是把父母的事写成文章保存下来吧。

因此，只要能够得到大家一段时间的陪伴，我就很开心了。文章同电影一样，我打算不加掩饰地如实叙述。

通过了解我家的真实情况，如果可以让大家感到"不只是我家在苦恼啊""虽然担心将来，但还是顺其自然吧"，从而卸下些许重担、放松心情的话，对我、对我的父母来说，都没有比这更值得开心的了。

2019年8月　信友直子

目 录

第一章

母亲可能得了
阿尔茨海默病……

母亲信友文子被确诊为阿尔茨海默病是 2014 年 1 月 8 日，在母亲 85 岁的时候。但实际上，我初次发觉母亲行为异常的时间可以追溯到之前一年半左右。

母亲和 90 多岁的父亲信友良则两个人生活在我的老家广岛县吴市。而身为独生女的我，一个人在东京生活，从事视频制作的工作。因为我们平时分开生活，所以起初我是通过电话察觉出母亲有些异常的。

我和母亲关系一直很好，我们笑点相同，所以聊天从来都聊不够，每天都会打电话聊各种各样的事情。我们的对话基本上都是始于"今天发生了一件事……"来汇报彼此有趣的近况，一起欢笑。但是，从 2012 年春天开始，母亲的反应变得有些异常。有几次，我前一次打电话说过的内容在下一次通话时，母亲就完全不记得了，或者母亲曾说过的事在之后打电话时就像第一次聊起一样，要从头再说一遍。

起初，我稍微有些察觉，也指出了母亲的异常："妈，那件事前两天不是说过了吗？你不记得了吗？你清醒点啊……"母亲还笑着说："嗯？是吗？"

这样的情况发生几次后，我开始觉得："这可不是开玩笑的。"渐渐地，我用自己的方式来留意母亲，故意装作没有察觉母亲异常的行为。

母亲好像得了阿尔茨海默病……

一般只在年末年初时才回老家的我对这一状况感到非常担心。所以我决定，趁着制作完一个节目的空闲时间回一趟老家。

那天是 2012 年 6 月 4 日。我还保留着当时的日记。

平时，我每天会写只有几行字的短篇日记，但从这一天开始的一段时间里，我写的是稍微长一些的文章。因为第一次亲眼看见母亲的异常行为，令我太过震惊了。现在翻看日记，也可以感受到我当时的不安。

虽然我羞于将日记内容公之于众，但我还是如实地把内容照搬到这里。

···

2012 年 6 月 4 日（注：返回吴市的日子，写于飞机上）

母亲果然很奇怪。

刚刚，我在电话里说"我今天回去"的时候，我就确信了这一点。因为母亲好像没有理解我的话，回答得模棱两可。

大概是昨天夜里，我给母亲打电话说："原定今天播放的节目延期到下个星期了，所以我本来明天要回去的，但是现在回不去了。"但后来制作人跟我说："VTR已经完成了，你可以按照原定计划回家了。"所以今天早晨我再次给母亲打了电话告诉她："我可以按照原定计划回家了。天黑之前可以到家。"但是母亲好像不是很理解我说的话，于是我又重复讲了几次同样的内容。

最后母亲说："啊，知道了。"随后就挂断了电话。

过了3分钟左右，母亲打来了电话。

"你说要回来，是今天回来吗？"

母亲好像是在告诉父亲的时候，自己也弄不清楚了。更可怕的是，她明明弄不清楚，却也不再过问，而是直接挂断了电话吗？

一旦涉及前后时段，母亲就不理解我说的话。如果中途插入其他话题，母亲也会不理解我所说的内容。

这是不是阿尔茨海默病的初期病症？

2012年6月7日（注：回到家中，写于吴市老家）

同一件事情，母亲反复说了几次。都是"从头说起"。

仿佛是第一次聊起那件事一样地"从头说起"。

总之，现在母亲说得最多的就是，因为洋子的老公过世，母亲给了她1万日元作为礼钱，却没有收到回礼，还被洋子反问道："不是已经给过你了吗？"

就连微小的细节母亲都要说上好几次，并公开表示愤怒。

母亲好像对此事感到非常生气，我在东京的时候母亲就已经在电话里和我说过几次了，但母亲内心好像还没有消化此事，每天想起来就会说，连语气都是一样的。

虽然我嘴上说："洋子是不是犯傻了。"但我心里却认为，真相可能是母亲其实收了回礼却不知道放在了何处。我对母亲也实在说不出口。

最近母亲的话里大多透露着愤怒，认为别人看不起自己，或者别人总是做一些让自己不愉快的事情。母亲为什么不能聊一些更开心的事情呢？所以我就用自己的方式委婉地对母亲表达了这一想法。

母亲明明是那么开朗、乐观的一个人，从什么时候开始得上了这种被害妄想症呢？

晚上，我问父亲"妈妈最近是不是有些奇怪"的时候，父亲也这么认为。

"以前从来没发生过这种事。你妈妈说自己被人看不起了，然后突然发怒或者变得具有攻击性。我跟她说没有人看不起她，她也不听。"

父亲非常担心母亲这个样子。

他斩钉截铁地跟我说："你也不要说伤害你妈妈的话。"

我问父亲："你们两个人生活没问题吗？"父亲说目前还没问题。现在我只能把母亲托付给91岁高龄且听力严重衰退的父亲。

"我回东京之后，母亲要是有什么异常的话，你就告诉我。我会立刻赶回来。"

我这样说完，父亲回了一句："知道了。"

母亲和要洗澡的父亲因为洗澡水温度的事情争吵起来。

母亲不喜欢父亲把淋浴的水温调低。母亲坚持要把水温调到45℃，以防感冒。

父亲辩驳说浴缸里已经放满了热水，淋浴水温只要40℃就可以了。实际上，45℃的淋浴水温也确实太热了。

即便这样，母亲也没有做出让步，所以父亲无奈地说道："那就调到45℃，淋浴的时候我用冷水冲。"说完就去洗澡了。

过了一会儿，母亲特意打开浴室的门，再次挑起了和父亲的争吵。

"你在干什么！"

父亲吓了一跳。这倒也是，在毫无防备、全身赤裸的情况下有人突然闯入，任何人都会大吃一惊。

母亲试图拉拢我："你不认为你爸爸很奇怪吗？"但是奇怪的是母亲您呀。

当我说"洗澡这种小事就由爸爸去吧"的时候，母亲就忽然变得很不开心。事情不按照自己预想的那样发展，母亲就会认为别人轻视自己，破坏了她的心情。

因此，一起生活的父亲一定非常小心吧。

父亲听力衰退至少也是一种安慰吧。

6月10日（注：回到吴市老家的第7天）

母亲的一举一动都令人担心。我经常担心母亲是否做了奇怪的事情。我总是祈祷母亲不要做出什么奇怪的事情。

母亲努力记住或者了解某件事情的时候，我就会松一口气。

实际上，我也不想承认母亲患上了阿尔茨海默病这件事。

回到老家后，发生了很多让我感到毛骨悚然的事情。

母亲在水果店说家里香蕉没了，所以要买，回到家后，我发现冰箱里有很多把刚买回来的香蕉。但是母亲以前明明告诉过我，把香蕉放在冰箱里会变黑，所以要常温保存……

在外科开的外敷用湿药布，有四袋已经开了封。我无法想象这是性格一丝不苟的母亲会做出的事情。如果是从前的母亲，在一袋用完之前，是绝不会打开另外一袋的。

这段时期，母亲完全不看报，我也没有看到母亲看任何书。我问母亲："你不看报纸吗？"母亲回答说："我在电视里就能看新闻。"

从我小时候开始，母亲就一直记账，她现在不再记了吗？有一天夜里，母亲一边打着算盘一边在账簿上写着什么，听到我问"您是在记账吗"的时候，母亲慌张地把账本合上了。

当时，我瞥了一眼账簿，发现字写得很乱，买的东西和价钱也写错行了，更严重的是，我感觉母亲似乎把当天的内容写在了其他日期的账簿上。因为母亲立刻就把账簿合上了，所以我也没有看得很清楚。

总之，母亲也的确发现自己的记账能力出现了问题。否则，她也不会慌慌张张地把自己写的内容藏起来了吧。

母亲四月辞去了朋友经营的公司里的会计一职，难道是因为计算能力出了问题？辞职的时候，母亲说是"因为公司不赚钱，总是拖欠工资"，我当时也相信了母亲的话。

或许，从两年前放弃练习书法开始，母亲曾经会做的事情都变得做不来了吧。

如果是这样的话，我对母亲的异常察觉得太晚了吧。

一想到母亲的心情，我的眼泪都要流出来了。

对于自身出现异常这件事来说，无法正常记账的母亲应该是最深有体会的。但是因为难以启齿，母亲并不想让任何人知道，所以她拼命隐瞒，即便对自己的丈夫和女儿也是如此。

我渐渐认为，母亲之所以一发生什么事就生气地说"不要看不起我"，也是因为她开始发现了自己的异常吧。

母亲现在的心情到底是怎样的呢？

....

长篇日记到此就结束了。

两天后，我和父亲商量把母亲带到了医院，但是检查结果是，母亲没得阿尔茨海默病。

为什么会这样呢？可能是我带母亲去医院的时候还为时过早。

在阿尔茨海默病的检查中，医生基本上都会让疑似患有阿尔茨海默病的人参与"长谷川式认知症评估量表"问诊，母亲在问诊中格外努力，取得了很高的分数。换句话说，在母亲只要努力就可以取得高分的时期带她去进行检查，是我的失误。

这里，我们稍微回顾一下，就从我如何说服母亲并带着她去医院说起吧。

实际上，当我对母亲说出"要不要去医院检查一下"的时候，我的心情十分紧张。因为我经常听说，有些人听到家人这样说就会生气地质疑"你是在说我笨吗"，并且不想去医院，更何况母亲本来就是自尊心很强的人。

但是，我提心吊胆地委婉措辞并提出建议之后，母亲竟出乎意料地爽快答道："是啊，要是这样的话就去看看吧。"

现在想想，我认为母亲自己也是想去检查一下。因为母亲也知道要进行问诊（我在几年前制作过的一个关于年轻的阿尔茨海默病患者及其家人的纪录片节目，当时播放了患者本人接受问诊并被诊断为阿尔茨海默病的镜头，当时身体还很健康的母亲观看了这档"女儿制作的节目"），所以在问诊时，我认为母亲是想努力取得一个好成绩，得到医生认定"没关系，您没有得阿尔茨海默病"后就可以安下心来。

因此在接受"长谷川式认知症评估量表"问诊时，母亲异常地鼓足了干劲。

"长谷川式认知症评估量表"是 1974 年由精神科医生长谷川和夫开发的"对可能患有认知症的人进行筛查（筛选）的问诊项目"。即医生按照顺序提出预先设定好的 9 组问题，正确得 1 分，错误得 0 分，满分 30 分，如果将得分相加后总分在 20 分以下就很有可能患有阿尔茨海默病。这是现在最常见的检查方法，所以很多人都知道。

第一个问题是"您的年龄是多大";其次是"今天是哪年的几月几号、星期几""这里是哪里",用来确认患者是否存在认知障碍;再次是"100减7是多少""再减7是多少",用来确认患者对数字的理解能力和计算能力,然后让患者记住3个词语并进行一些其他内容的对话后,通过"那么刚才让您记住的3个词语是什么"这一问题来检测被检查者的记忆力,这些都是测试得了阿尔茨海默病后所有会逐渐衰退的机能的问题。

医生的问题还没有问完,母亲就开始迫不及待地做出了回答。母亲积极专注的样子有些异常,在一旁的我也可以感觉得到她精神过度集中且身体逐渐发烫。

当被问到"请说出你能想到的蔬菜名"时,母亲回答道:"胡萝卜、卷心菜、洋葱、大葱、土豆、生菜、番茄……"

直到医生打断说"够了"的时候,母亲已经连续说了大概20多种。30分满分的测试,母亲很厉害地拿到了29分。

"这个年纪做到这样已经很厉害了。"

母亲获得了医生的赞许后洋洋得意。

在脑部 MRI 检查中也没有发现任何异常。阿尔茨海默型认知障碍的特征是海马(管理脑内的记忆和认知机能的地方)萎缩,母亲还没有被诊断出异样。

得知结果的母亲喜出望外。母亲从接受检查的医院回家之后，特意到经常就医的医生那里报告说："我没有得老年痴呆！"当然她也骄傲地把结果告诉了父亲。

"你爸爸和你都认为我老年痴呆了吧？根本没有那回事！"

母亲这样一说，父亲和我都无奈地苦笑着。

我回到东京之后，母亲遇到任何事情都会对她的朋友说："直子说担心我，所以带着我去检查是不是得了老年痴呆，但是满分30 分的测试我得了 29 分呢。只有一道题答错了，好遗憾啊。"

母亲好像是这样到处宣扬的。很多人都听母亲说过这样的话（像这样多次重复同样的话的行为，就是阿尔茨海默病的症状）。

于是，我和父亲得知母亲没有得阿尔茨海默病这一诊断结果后，反倒什么也做不了。显然，我提前带母亲去做检查是我的失策。因为我采访过患有阿尔茨海默病的年轻患者，所以我对阿尔茨海默病的初期症状较一般人更加敏感。

现在想来，此时的母亲是处于阿尔茨海默病确诊前的一个阶段，即"轻度认知障碍（MCI）"。但是 2012 年的时候，我还不知道这一概念，这一时期也没有任何关于预防 MCI 演变成阿尔茨海默病的方法发表出来。

看到消除了阿尔茨海默病这一疑虑且十分愉悦的母亲，我心里虽然抱着"母亲确实有些异常"这一令人无法接受的想法，却也已经很难再和母亲提起病情的事了。拖拖拉拉过了一年半左右，母亲才被确诊患有阿尔茨海默型认知障碍。

第二章

因为妈妈变得异常，
所以你就不拍了吗？

"你之前还用摄像机拍我和你爸爸，最近怎么不拍了呀。是因为妈妈变得异常，所以你就不拍了吗？"

2013年正月，和我一起站在厨房的母亲突然这样问道。我内心忐忑了一下。母亲的语气并不是很严肃，而是一边切着萝卜，一边用半开玩笑的方式问的。但是正因如此，我更加感受到了母亲"虽然不想把事情想得很严重，但还是很在意"这一切实的想法，所以我感到很惊讶。

"啊，哪有啊？你变得异常了吗？"

我故作镇静地插科打诨，母亲露出一丝凄凉的微笑，说了句"好吧"，然后就没有再继续说下去，迅速地转换了话题。

是的，正如母亲所说，那段时间，我就算回到老家，也不会开启摄像机。因为母亲的异常行为逐渐显露，她努力地想将这些隐藏起来蒙混过关。

"摄像机启动的时候，如果拍到妈妈有什么疏漏的话，她不是会受到伤害吗？"——想到这些我就觉得害怕，渐渐地就不再将摄像机对准母亲了。

我买第一台家庭用摄像机索尼是在2000年12月。这个摄像机在当时是很昂贵的，但我想："就它了！"便用冬天那一季度的奖金果断地买下了它。多亏了这台摄像机，才可以在电影中记录下2001年正月时腰杆笔直尚且年轻的父母的镜头。总之，能够买到属于自己的摄像机是非常开心的，我回到老家的时候就试着拍摄了身旁的父母。

"这台摄像机是直子买的，很厉害吧？"

虽然父母这样说，但是我现在还清晰地记得他们第一次面对镜头时的反应。两个人都很难为情且动作僵硬，过度紧张，欲言又止，语言表达支离破碎，表现得很青涩。而且，我的拍摄技术也拙劣得令人绝望。

此后，我每次回到老家，都会拍摄父母平凡的生活状态。于是，起初动作僵硬的父母渐渐地习惯了被拍摄，过了三年之后，他们都达到了"即使有摄像机也完全不在意"的自然状态。

在此，我要说明一下为什么我会从父母尚且健康时就用摄像机把他们不起眼的日常生活拍摄下来。

首先，我认为其实我自己也没有清晰地意识到，我是想为自己留下一些回忆。我是独生女，又没有结婚，所以只有父亲和母亲两个家人。如果他们不在了，我该怎么办呢？我经常会因此心慌意乱。所以，就算将来父母过世只剩下我一个人，只要有视频就可以消解寂寞吧……我想是这种自我保护的本能促使我保留了这些视频记录。

其次，是一个很显而易见的理由。因为当初我的拍摄技术十分拙劣，所以希望父母能够帮助我，让他们成为我练习拍摄的平台。其实我是为了工作而买的摄像机，所以这方面的原因可能更大一些。当时的我在工作中，迫切需要熟练使用摄像机。

虽然有些偏离主题，但是请允许我在这里介绍一下我作为纪实节目导演的工作。

从稍早于我购买摄像机的时候，即20世纪90年代后半期开始，电视纪录片的采访现场发生了一些变革，即家用摄像机的推出。之前，需要像我这样的导演（现场负责人）和扛着大型专业摄像机的摄像师以及用专业麦克收录声音的收音员三人一起前往采访现场。但是，由于技术改革，家庭用摄像机的性能逐渐提升，画质和音质都达到了满足播放效果的水平。因此，也出现了导演一个人带着家庭用摄像机到现场进行取材的现象。

根据想要制作的节目类型，取材准备也会有所改变。对于我这种专门制作"人类纪录片"的导演来说，比起扛着大型摄像机声势浩大地前往现场，显然是导演独自到现场，一边采访一边用小型摄像机进行拍摄的方式更能够让被采访者免去紧张，呈现出自然的状态。而且，我一个人去的话能够节省经费，可以停留更多时日，精心取材。此外，只有我去的话，因为是和被采访者一对一见面，所以可以更加亲切、深入地交流……这样想来只有益处。

基于上述原因，我开始采用兼任导演和摄像师的取材方式，变换着自己的角色。于是，我认为不论怎样自己都要买一台摄像机经常带在身边。

没错，我在 2000 年买摄像机是因为身为导演需要跟上时代的潮流。

但是，因为之前我都是委托摄像师，自己并没有开机拍摄的经验，所以总是拍不出可以使用的视频。而且，导演最重要的工作是专心询问被采访者的想法。操心着摄像机的每个操作步骤，就无法真正地将注意力集中在重要的事情上。总之，为了在去工作现场时全神贯注地观察采访对象，我需要习惯即便不在意摄像机也可以进行操作。因此，除了专心致志地练习之外，别无他法。

对于当时的我来说，父母是非常合适的练习对象。因为不论我怎么拍，他们都不会抱怨，而且他们很快就习惯了镜头，总是表现得很自然。我觉得自己的取材越来越好，充满了信心（在这一点上，我真的很感谢我的父母）。

每年好像约定俗成一样，我一回到老家就开始拍摄父母。我经常在到家之前的一条街就取出摄像机，按下录制按钮后，就将镜头对准老家的房子。到家后，我拉开从小就一成不变、吱吱作响的玄关拉门，说："我回来了！"

然后里面传来母亲的声音："你回来啦。"

耳背的父亲问母亲："你说什么？"母亲回答说："是直子，直子回来了。"然后我走进大门，穿过走廊。母亲一边用围裙擦着手一边从厨房走出来。

"你回来啦。终于回来了，最近还好吗？"

母亲可能是在为我炖鱼，厨房里传来了酱油的香味。

"饿了吧。马上就开饭，等一会儿吧。"

父亲坐在客厅里，像往常一样看着报纸。啊，父亲也没什么变化，好像变老了些，但是看上去很健康。

"回来啦，挺快呀。"

"身体还好吗？"

"嗯，还行吧。你看上去还挺好的呀。"

就这样，我一直开着摄像机。如往年一样，但是……

"因为妈妈变得异常，所以你就不拍了吗？"

2013 年，听到母亲这样说，我才有所察觉。因为母亲有认知障碍的倾向，我就不再拍摄母亲了，仔细想想，我感到很抱歉。这样就是否定了现在的母亲。母亲又不是会因为被拍而难为情的人，母亲明明还是原来那个母亲。

而且，为了让受"自己是不是有些异常"这种不安所驱使的母亲放心，我认为最好还是像以往一样和母亲相处。

于是，2013年我像之前一样重新开始拍摄父母的日常生活。我决定就算母亲做了一些奇奇怪怪的事情，我也不会指出来或者责备她，而是在听到母亲找借口搪塞时对她说一句"这样啊"，偶尔也要装作没有发现母亲的异常，尽可能地像以前一样和母亲相处。

当然，那时我完全没有将拍摄的视频像这样公之于众的想法。电影《我变笨了，请多关照》是基于各种偶然和奇迹而完成的一部作品（详情我之后再解释），但是我希望大家能够知道，父母过去那些泰然自若的视频被保存下来，实际上也是偶然的产物。虽然我经常被问到："您开始拍摄父母的契机是什么呢？"但这种时候我总是回答说："因为我买了属于自己的摄像机，并不是您所期待的回答，非常抱歉。"

其中也有一些人会问："为什么您保留了父母年轻时日常生活的视频呢？您是从那个时候就开始考虑制作这部电影了吗？"其实并非如此。我没有那么超前的预知能力。因为那时，我们一家人甚至都没有想过未来要面临母亲患有认知障碍、老老看护、远距离看护、看护离职等如同提炼出现代日本社会问题的局面。

因此，换句话说，任何人都有可能陷入我们家这种困境。任何人都会迎来家人衰老和看护的问题。而且，自己也会面临衰老和死亡。如果这是无法逃脱的命运的话，那我认为现在不就是我们要提高觉悟和胸襟来思考如何去接受它的时代吗？

说到觉悟，或许有些夸张，但像这样将我们家花了近10年时间好不容易摸索到的答案（或者说妥协办法）记录下来并分享给大家，如果能够多一些哪怕是稍微感到轻松的人，我也是非常开心的。

但是，现在仔细想来，虽说是偶然，可我真的很庆幸拍摄了父母精神矍铄时的视频。将充满朝气的父母行动敏捷的视频和现在上了年纪弯腰驼背的视频对比来看，我们可以感受到"人渐渐老去"的凄惨，反之也可以感受到其阅历随着"年纪渐渐增长"的丰富性。

回看记录了父母这20年变化的视频，我自己产生了这样的感觉。

我认为上了年纪后，麻烦的事情逐渐增多，可能90多岁的父母现在都觉得生活非常吃力，但是他们的生活方式看上去越来越丰富而美好。因为他们是我的父母，可能我就会稍有些偏袒吧。

我很庆幸拍摄了很多可以让人了解母亲在得认知障碍症之前是一个怎样的人的视频。因为在2007年我得乳腺癌的时候，母亲为了照顾我特意来到东京，所以留下了很多那个时期的视频。

母亲为了鼓励情绪低落的我，讲笑话逗我开心；用心做了和在老家时一样的菜；趁着我不在的时候，帮我跟朋友道歉说："不好意思，直子净说些给人添麻烦的话。她这么说，你也很为难吧。"母亲果然是因为了解女儿痛苦的心情，所以和我面对面时才什么都不说的吧。

而且，手术成功之后母亲情不自禁地合十手掌流着眼泪对主治医生说"谢谢"。从将这一切原原本本拍摄下来的视频中，我感受到了无微不至、深厚的母爱。

因此，就算母亲的阿尔茨海默病持续发展，做了曾经的母亲做不出的、令人难以置信的疯狂行为、胡言乱语，令我被扰乱以至于忘记原本的母亲，视频中的母亲也总是能够让我回归平常心，恢复平和的心态。能够随时在视频中看到原本的母亲，对于现在的我来说是最大的宽慰。

不只是我的母亲，其他患有阿尔茨海默病的人也都各自拥有璀璨的过去，也有体谅他人、受人尊敬的过去。虽然因为阿尔茨海默病发生了改变，但那也只是病症显现而已，并非是那个人本身发生了变化。

此后是我在2013年再次启动摄像机拍摄父亲和母亲的每一天。我一只手拿着摄像机，打算从一半女儿、一半记者的视角（更

确切地说，是在女儿和记者之间切换），将稍微客观地观察到的
父母的变化记录下来。

· 第三章 ·

我还是回来比较好吧？

2013 年，由于担心母亲，我回了三次老家。家务还是母亲在做，但父亲发牢骚说："菜不是甜就是辣，几乎没有味道正好的时候。"米饭里的水好像也不适量，时软时硬，每次都不一样。但是，父亲指出这些问题之后，母亲好像就变得很不开心，所以父亲就毫无怨言地吃着。味道淡的时候，父亲就会在母亲看不到的地方偷偷地撒些盐。我问父亲："菜的味道太重的时候怎么办呢？"父亲说："那我就会说一句'今天吃茶泡饭吧'，然后把辣得无法下咽的菜倒在米饭上，然后在上面浇上热水把味道冲淡。"

父亲这样一说，我不由自主地想象了一下，笑了出来。同时，我又感到很难过。

因为父亲原本不是一个会如此照顾母亲情绪的人，如果菜不好吃（虽然几乎没有不好吃的时候）会直接告诉母亲，但我感觉到母亲散发着一种"不让别人抱怨的气场"，以至于父亲也充满顾虑，陷入沉默。换个角度来看，这是母亲不安和失去自信的表现。

母亲原本很擅长做菜，而且热衷于研究菜品，在附近的家庭生活课老师开设的料理教室学习了几年，有很多拿手菜。但是，最近母亲渐渐地只做自己的拿手菜了。因为只有食谱在母亲的脑海里，拥有不出差错的自信，她才不会害怕做不出来。所以好像菜谱转来转去都只有土豆炖肉、关东煮、蒸鱼这三道菜。

有一天，父亲想到"今天又要吃土豆炖肉啊……"，就在电话里说："土豆炖肉我已经吃腻了，正好今天做的味道有些淡，所以我就把咖喱酱放进去做成了咖喱。"

我感到很意外，便问道："啊？是你做的吗？"

父亲笑着回答："这种简单的菜我还是会做的。"但我认为这应该是父亲做的第一道值得纪念的菜吧。

但是，母亲是怎么想的呢？是否因为父亲对她做的菜进行了再加工而感到受伤呢？因为担心，所以我让父亲把电话交给母亲并问了她，母亲连晚饭吃了咖喱这件事都忘记了。

"啊？是咖喱吗？我总觉得好像吃的是别的菜。"

我想既然母亲不记得就算了，但我觉得母亲因为忘记了刚刚吃过的菜而受到了打击。

我一回到家，母亲就和我在厨房为了谁掌握做菜主导权这一问题展开了一场安静的攻防战。母亲身体健康的时候，毫无疑问主导者是母亲，我是助手。我们的关系通常是，母亲干劲十足地站在厨房想亲手给我做饭吃，我一边帮母亲的忙，一边偷学母亲做菜的诀窍。厨房是母亲的领地，如果没有母亲的许可，我不可以改变任何一个摆放好锅的位置。

但是母亲渐渐对做菜没有把握，就算是为了父亲，还是由我来做比较好。我一回到家，父亲就透露着充满期待的目光，好像在说："快给我做点好吃的东西吧。"

但是母亲"霸占"着厨房。当我要在厨房做点什么事情的时候，母亲就像是在和我做游戏一样张开双臂站在狭窄的厨房里说："你要做什么？我来做。"她不让我进去。

母亲自己去购买食材的话，就会忘记买一些东西，或者半路上就不知道该买些什么好，所以我就会紧跟着母亲说："我和你一起去吧。"

"今天做什么菜呢？我想吃妈妈做的菜饭了。"

"好吧，行，那就做菜饭。"

我用不经意的语气提醒母亲说："做菜饭的话，就必须买鸡肉、油炸豆腐和胡萝卜，家里没有胡萝卜了吧。"所以买菜时没有发生太大的问题，但是回到家后就麻烦了。

"我来做，你去歇着就好了。"

母亲想要自己做菜，所以我采取了一个权宜之计，一边假装支持母亲，一边让母亲切菜、忙来忙去，然后伺机亲自完成调味等重要环节。但出乎意料的是,这个方法似乎没有被母亲识破,她没有因此而不开心。

虽然我当时是这样想的,但现如今我觉得,母亲是不是其实看破了,却装作没有发现呢?

母亲渐渐开始一整天都在找东西。一会儿将衣柜的抽屉拉出来推进去,一会儿把放在橱柜上的箱子取下来,经常弄得乱七八糟。

我问她:"你在找什么呢?"她一会儿说在找健康保险证,一会儿又说在找她喜欢的手帕。母亲行为出现异常之后,健康保险证就交给父亲保管了,所以我告诉她:"父亲保管得好好的,放心吧。"母亲放心地说:"是吗?那就好。"但是,过了一会儿又开始重新翻找。起初我也和母亲一起找,但大多都是一些不重要的东西,所以渐渐地因为嫌麻烦就不找了。但不一会儿,母亲就说:"哎呀,我要找什么来着?"母亲连自己要找的东西是什么都忘记了,便放弃了寻找。

有一次,我半夜起床去厕所,透过走廊微弱的光看到母亲蹲在厕所门前,吓了我一跳。

"怎么了?妈!你在干什么?"

"啊,是直子啊,一块备用的肥皂都没有了。中元节的时候明明收到那么多肥皂,都去哪儿了呢?没有肥皂的话就麻烦啦。

我现在就去买。"

此时我感到毛骨悚然。中元节收肥皂是在父亲还是公司职员时的事情，那已经是将近 50 年前的事了。的确，那个时候收到了堆积如山的混装肥皂礼盒，但是父亲退休明明已经有 30 多年了……

"清醒点啊，妈。中元节收肥皂已经是几十年前的事了。还有您知道现在几点吗？半夜三点啊。你说要去买肥皂，这个时间哪有营业的店铺啊。"

"好吧，这样的话我再睡一觉，明天早上去买吧。"

我把母亲带到床上让她躺下，但是我却无法入眠。

这一年夏天，还发生了一场"电风扇被盗"的骚动。

我夏天回家的时候，家里换了一台新的电风扇。之前，老家用的电风扇一直都是我小时候的那个老古董，父母都非常爱惜地使用着。说得好听一些，他们都是很节省的人；说得难听些就是小气，他们几乎不置换家里的东西，坚持爱惜地使用旧物的原则，所以这件事让我感到很惊讶。

我问母亲："换新电风扇了吗？"

母亲说："因为邻居来了，所以就把那台旧的电风扇搬到大门那里让他纳凉，但是他趁我们不注意就给拿走了。"

听到这么荒唐的无稽之谈，我情不自禁地笑了起来。我们家的电风扇是将近 50 年前的东西，又沉，体积又大，在室内挪动都很困难。母亲所说的那位邻居是一位年纪很大的人，所以他不可能吃力地将电风扇从我家搬走，毕竟还有别人会看到。

我仔细地询问过母亲后，开始怀疑那个人来拜访的日期和发现电风扇不见的日期不是同一天。但是母亲固执己见，认为不可思议，再三地说："他是怎么把那么重的东西搬回去的呢？"我和父亲多次劝说母亲："不要和邻居说那些话，会引发纠纷的。"

顺带说一下此事的后续，两年后，我在整理储藏室的时候，成功地在角落里找到了旧的电风扇。

2014 年 1 月 8 日，我和父亲决定带母亲再去做一次检查。

之前，2012 年检查时，母亲被诊断"没有得阿尔茨海默病"，这件事在某种意义上好像为母亲提供了心理支撑，而且保住了母亲的自尊心。但是一年半过去了，母亲似乎连这件事都忘记了……所以我认为到了可以去复查的时机。

目前的医学尚无法治愈阿尔茨海默病或者阻止病情恶化，但有几种药物已经被研发出来，临床数据表明，吃药可以延缓病情的进展，所以我产生了让母亲尝试服用药物的想法（我也担心药物的副作用，所以很苦恼）。

我告诉母亲之后，母亲总算记起来一年半之前接受检查的事情了，她说："他是一位很亲切的医生。如果是去看那个医生的话，我可以再去一次。"母亲并没有表现出不愿意接受检查，这让我松了口气。到了医院，母亲也微笑着和善地打了招呼："医生您好，承蒙您照顾。"然后母亲自己清楚地说明了来医院的目的，"我女儿从东京回来，说让我再检查一次，所以我就来了。平时我们分开住，因为我年纪大了，所以女儿比较担心。"医生苦笑着说："啊，是这样啊。"

但是，一年半之前在检查时，母亲非常努力地完成了"长谷川式认知症评估量表"的问诊测试，满分30分，母亲拿到了29分的好成绩，但是这次母亲没有努力。一听到医生问"今天是哪年的几月几号"，母亲就向我求助："是几号？"从第一题开始母亲就放弃了独自思考，而是想要依赖我，这是阿尔茨海默病患者的典型反应。

我说："医生在问你呢，你来回答吧。"但是母亲只是敷衍地笑着，一年半的时间竟然发展到这种程度了吗？

在上次的拿手题目"请说出你想到的蔬菜名"这一问题中，母亲回答了三种后就想不出来了。母亲明明每天都用各种各样的蔬菜为我做各种菜。

结果满分30分，母亲得了14分。20分以下就可以判定患有阿尔茨海默病的可能性很大，所以母亲此时几乎接近确诊了。

但是，我想赞扬母亲能够平静地将问诊测试做到最后。因为母亲连续几道题都没有答出来，所以从中途开始，我一直提心吊胆，心想："如果妈生气了怎么办？如果妈自暴自弃怎么办？"不知道母亲会不会发脾气说："100 减 7 是多少？竟然拿考小孩子的问题来问我，你看不起我吗？"

但这些都是我杞人忧天。母亲遇到不顺心的事情，只会在家人面前表现出不开心，在别人面前即使发生了丢人的事情，母亲也会保持良好的神情……我看到母亲虽然成绩不理想，却依然保持笑容的样子后，便有了如此深切的认识。虽然我也为母亲没有失去社交能力而感到高兴，但是一想到母亲其实是在忍耐着想要哭泣的心情，就很同情母亲，我都快哭出来了。

脑部的 MRI 检查结果也出来了。对比这次的图像和一年半以前拍的图像，像我这样的外行人看完都知道整个脑部萎缩，出现了空洞。尤其是负责记忆的"海马"部分的萎缩明显。

"是阿尔茨海默型认知障碍。可能还是开始吃药比较好。"

我没有因为这次诊断而受到打击。终于得知了病名，我反倒松了一口气。与之相比，令我吃惊的是，医生告知病名后，母亲对此毫无反应。母亲照旧一边对护士们保持微笑，一边说着"最近，我膝盖不太好"等毫不相干的话题。

母亲不知道医生说她得了"阿尔茨海默型认知障碍"是什么意思吗？

母亲连对这种情况的认知能力都没了吗？

我们一回到家，父亲就泡好了咖啡等着，父亲是想用他的方式犒劳一下辛苦做检查的母亲吧。我趁着母亲将脱下来的外套收起来的时候告诉父亲："医生说母亲得了阿尔茨海默型认知症。"

我把检查结果的报告递给父亲，父亲看了一会儿，好像接受了这个结果似的说了一句："果然是啊。"此时，母亲回来了，用开玩笑一般的语气说："真是的，我明明没有老年痴呆，但是大家都说我老年痴呆。"

啊，母亲知道了吗？我的心颤了一下，父亲立刻帮忙打圆场说："是啊，你不需要在意。"

真的很感谢父亲，不愧是一家之主啊。那一瞬间，我觉得父亲特别可靠。

母亲开始吃一种名为美金刚、用于抑制阿尔茨海默病症状发展的药。最初剂量从 5 毫克开始，没有出现副作用的话就逐渐增加到 10 毫克、20 毫克。常见的副作用主要有头晕和嗜睡等，有的人也会引发癫痫或者出现妄想和幻觉，所以家属必须注意看护患者。

但是由于工作原因，我必须回东京。

此时母亲 85 岁，父亲已经 93 岁了。真的可以把确诊为阿尔茨海默病的母亲交给虽说身体还算健康的 93 岁的父亲照看吗？

我是不是一定要回到吴市照看母亲呢？

我问父亲："我还是回来比较好吧？"

父亲立刻拒绝了我。

"不，你不回来也没事。我身体还硬朗的时候，能照顾你妈妈，你就做你的工作吧。"

说实话，我当时听到父亲这样说松了一口气。虽然我觉得这样很不孝，但这是我毫不隐瞒的真实想法。

我是单身，在东京也没有亲人，所以与有丈夫、孩子的人相比，我把生活据点转移到老家会更容易些。而且，我是签订自由合同的导演，我的工作方式是每签约一部作品，就获得一笔报酬。我不是公司里的上班族，所以不需要担心带薪假期可以休到何时，是暂时停职还是必须辞职这些问题。我只要不签约下一部作品，马上就可以不工作。从这个意义上来说，这是一种自由度很高的工作方式。

但是，反过来说，如果拒绝了下一部作品，我会立刻失去工作和收入来源。站在这一不坚定的立场上，我咬紧牙关，拼命努力，不想失去手中的这份工作。我还想继续。

在东京，一个女人凭借着这份自由职业生存下去，还是需要不断努力的。因为这是我喜欢的工作，所以我不觉得很辛苦，但是废寝忘食地工作也是我 45 岁患上乳腺癌的原因所在。治疗乳腺癌期间，我也不曾休息，一直工作。因为我是自由合同制，又是单身，所以我不工作的话就支付不起医疗费，也活不下去。也可以说，我因为喜欢这份工作，所以虽然得了癌症这种大病也没有放弃工作，执迷不悟地继续坚持着。

我不想放弃如此执着热爱的工作，此时我的这种想法还是很强烈的。所以我提心吊胆地问父亲："我还是回来比较好吧？"得到父亲给的"不回来也没事"这个免罪符之后，我放下心来。

但是这样把自己的真心话写出来之后，我发现自己真的是一个任性自私的女儿啊，我都讨厌自己。

第二天，母亲说要送我去广岛机场的大巴站。大巴站在离家步行10分钟左右的地方。这段时期，母亲走到大巴站附近还不会迷路，父亲和我也都不必忧心于"妈妈可以一个人从大巴站回来吗"这种问题。因为母亲此时的症状还算轻微。

外面下着雨。在去大巴站的途中，母亲一直关心我的身体："虽说你工作忙，但也别太拼了。工作用不着那么卖力呀。"

性格严谨的母亲又细心地提醒我："到了东京就算雨停了，也要记得把伞带上。"

我想对母亲说："妈，还有比伞更重要的事呢。昨天给您开的药，您每天要记得吃啊。"但是我不想再跟母亲提起关于病情的事了，便打消了念头。不是已经决定了要和母亲像往常一样相处吗？那就如往常一样对话，如往常一样分别吧。

大巴来了，终于到了和母亲分别的时刻。

"妈，保重身体啊。"

除此之外，我沉默不语。下次我回来的时候，您也要健健康康的，像现在一样来接我。

挥着手的母亲渐渐远去。我在大巴里开机拍摄母亲，现在回看时发现，母亲消失在视线后，摄像机晃动得厉害。拍出这么摇晃的画面是我作为专业摄像师的失职。如今想来，这应该是我内心的波动吧。把被诊断出阿尔茨海默病的母亲托付给93岁的父亲后便离开，这样做真的好吗？我是一个无药可救的不孝子吧。我依然记得自己在大巴里和飞往东京的飞机里深感惭愧，泪流不止。

这是母亲最后一次一个人送我到大巴站。

此后每次回家，我都会说："妈，去送送我吧。"但是母亲会找出"膝盖疼"等各种各样的理由来拒绝我。我想或许是送我离开之后，母亲也没有信心可以一个人回到家里。

然后，我正式开启了往返于东京和吴市的生活。

第四章

母亲的名字出现在
诈骗团伙的名单上

2014 年 1 月，由于担心开始吃药的母亲是否出现了副作用，我回到东京之后，每天都往老家打电话进行确认。

母亲说过"头有些晕"，但是好像没有出现过妄想和幻觉，所以就可以按照计划增加服药的剂量。我也开始抱着些许的期待，这样就可以延缓病情恶化的话，我或许可以一直在东京工作下去。但是，只留他们两个人在家，我还是不放心。

我查了一下护理保险制度，得知如果被认定为需要护理，就可以享受各种各样的护理服务，如请护工上门服务，还可以去日托服务中心。但是父亲和母亲都属于非常不愿意"给别人添麻烦"的性格，他们对迄今为止积累了半个多世纪的生活经验也带有一些自负。如果突然有外人进入只有父母二人居住的家中，他们肯定会觉得拘谨。还不是采用这种办法的时候。

我手上虽然有护理服务的资料，却怎么也无法对父母开口。

接下来一次回家是在两个月之后的 2014 年 3 月。尽管我很担心父母，但我在东京工作，不论是从时间上还是经济上来说，两个月回一次广岛县吴市老家已经是极限了。因为路上需要花半天的时间，往返一次要花将近 5 万日元。

母亲虽然说"有些晕"，但似乎已经适应了这种药，可是她还是在意自己的脸有些浮肿。药是由父亲保管的，每天早上让母亲吃一片。父亲出于责任感，时常留意母亲"有没有服药过量，或者忘记吃药""有没有出现副作用"等动向。但是母亲好像感觉父亲在监视自己，因此烦躁不安。

母亲动不动就跟父亲抬杠说"你总是看着我""我一做什么事情你就立刻发火""你就这么不信任我吗"（为了父亲的名誉，我先声明一下，父亲性格温和，所以不会朝母亲发火。他只是提醒判断能力变弱的母亲）。

这段时期我回家的时候，因为我的一句话，父亲和母亲争吵了将近30分钟，还发生了一场小事件。那个事件也是缘于一件非常小的事。

我到家之后马上就打开了家里的冰箱，发现里面有50多瓶上门推销的养乐多，所以我不禁问道："为什么买这么多养乐多？"于是，父亲像是立刻领会了我的想法，然后说："就是啊，我都说别再买了，你妈妈非要买。"

此话一出，大事不妙。

"你是说我错了吗？我明明是为你的身体着想才买的！"

哎呀，母亲的自尊心受到了伤害。其实谁都没有恶意，完全不知道哪里是雷区。

从我小时候开始，每天早上一人喝一瓶养乐多已经成了信友家的习惯。但是，最近母亲似乎忘记喝了，但是认真的父亲坚持"一天一瓶养乐多"，并没有把母亲的那份也喝掉，所以就越攒越多。

"你今天早上又忘记喝了吧。送货员下次来，还有这么多，不要再买了。"

听到父亲这样说，母亲回应道："养乐多对身体好，我是为你的身体着想才买的！"

"不对，我已经把自己那份喝掉了，是你忘记喝才剩了这么多的。"

"因为今天直子也回来，所以我把直子那份也买了。对吧，直子也喝吧。"

"什么？我吗？我喝。"母亲说的话似乎有些离题了。母亲突然把话题抛给我，让我不知所措。

很明显，母亲是在信口开河。我想母亲也发现了自己说的话很奇怪，但就是无法坦率地说出"我知道了"。因为她不想承认自己忘了喝养乐多。不论如何，"身为照顾这个家的主妇，由于养乐多对身体好，才买了很多给丈夫和女儿喝"，母亲把这个大量囤积的理由说得好像是自己的持家原则一样，试图将自己的行为正当化。对此，父亲表示："你以后是想着喝，还是忘记喝，你选一个吧。"

按理说，无可辩解的正确言论就摆在眼前，但是母亲却说："不对，养乐多对身体好，家里有的话你不是也会喝嘛。"（最终，说的话都是相同的。）

"不，我已经把我的那份喝了。"

"……"（此处是目瞪口呆的我）

就这样，两个人无限循环般的一问一答持续了30多分钟，最后父亲做出让步说了句"好吧"，就散场了。

然后，带着似乎要"终于说服你了"的态度而洋洋得意的母亲又说道："我做什么事情，你爸都不满意。直子，你觉得呢？"

嗯……妈，希望您不要征求我的意见了。

像这样，面对前所未有、渐渐变得孩子气的母亲，我确实想过："母亲为什么会变成这样呢？真的很让人难为情。"除了难为情之外，还有令人生气的事，但是……

有一天晚上，父亲睡着之后，我看到独自坐在饭桌旁的母亲的背影，吓了一跳。母亲在看自己服用的"美金刚"的说明书。上面写着"这是抑制阿尔茨海默病症状发展的药"。

弓着背、盯着那张纸看的母亲……

我仿佛看到了不该看的场面，为了不让母亲发现，我悄悄地离开了那里。我的眼泪溢了出来。母亲大概已经像这样看了好几遍药品说明书了。她意识到自己得了病，很担心。母亲应该也知道阿尔茨海默病是不治之症。自己以后会变成什么样子呢？岂不是会给丈夫和女儿添麻烦吗？而且今后不是会越来越麻烦吗？

我觉得母亲的脑海中充斥着各种各样的想法。

最痛苦的是母亲自己。

开始服用药物这件事也将生病这一现实摆在了母亲的面前。

吃完早饭后，父亲为母亲准备好药，盯着父亲看的母亲冷不防地提出了一个问题："你担心我会忘记事情吗？"

什么？妈妈突然说什么呢？父亲瞥了一眼惊慌失措的我，很自然地回答道："是啊，我们是一家人，当然担心啦。"

"你有没有因为我健忘感到很丢人或者很困扰呢？"

"没有，没那回事，放心吧。"

"这样啊，那就好。"

他们两个人轻描淡写地一问一答。这件事到此就结束了，然后好像什么都没发生一样又开始了其他对话。

啊，这样一来就可以理解了吧。这样母亲就放心了吧。这是我作为女儿无法深入、只有共同生活近 60 年的夫妻才会有的信赖关系。

在我不在的期间，可能母亲多次问父亲这个问题，父亲每次都回答"放心吧"。他们并没有对"健忘"这个词避而不谈，彼此都大方地使用着这个词语，并以此为前提进行着对话。

"你确实是健忘，但是我并不觉得丢人或者困扰，放心吧。"父亲自然地向母亲传达了这样的信息。丈夫这样想，对于妻子来说该是多么可靠啊。我想母亲因为父亲的话得到了支撑，真的安心了很多。

开始服药半年左右之后，母亲开始在我回家期间把做饭这件事交给了我。

有一天，我们一起出去买晚饭的食材，走路的时候，母亲边笑边说："你这么勤快地做饭，妈妈可以放心了。"然后到了做饭的时间，母亲把厨房里自己的位置让给了我。我得到了擅长做饭的母亲的认可。作为女儿，我的确有这样的喜悦。但同时，我对母亲可能感受到的凄凉和闷闷不乐也深有体会。

作为家庭主妇，母亲一直把为父亲和我做美食当作自己人生的意义。特别是从我去东京开始就难得回家一次，母亲就会准备很多我喜欢的食物等着我。

但是现如今，自己做饭反倒像是在给丈夫和女儿添麻烦似的。丈夫好像也更希望女儿来做饭……母亲决定把这项任务交给我的时候，内心应该也经历了超乎寻常的挣扎。

对不起，妈妈。

但是，我不在的时候，他们是怎么吃饭的呢？有一次我问父亲，父亲回答说："早上吃面包。中午我经常买便当回来。晚上经常是买些副食回来吃。"

但是母亲听觉灵敏，听到了父亲说的话。

"你怎么又说这些话。我不是在做吗？"

自尊心强的主妇迄今为止肯定都坚信是自己做的吧。因为母亲说得很坚定。

我家在市中心购物方便的地方，所以不愁买菜——我想以此作为自己尚且不用辞去东京的工作回家的借口。

此时，父亲只是去附近的店里买些现成的菜，用吸尘器打扫一下屋子，还没有正式开始做家务。母亲身体还健康的时候，身为专业主妇的母亲包揽了家里所有的家务，父亲没有做过任何称得上家务的事，所以单单是父亲开始使用吸尘器这件事，就已经让我大吃一惊了。

"爸，你在用吸尘器！"

©2018 NETZGEN/FUJI TELEVISION NETWORK/KANSAI TELECASTING CORPORATION All rights reserved.

我用吃惊、开玩笑的语气说道。就在这个时候，父亲说了一句至理名言。

"这也是命啊。是注定的。之前家里的事都是你妈妈在做。现在她变得有些异常，所以之后我代替她做，这也是迫不得已的事啊。"

我再次感受到了父亲作为男人宽广的胸怀。父亲作为丈夫，没有因为自己的妻子得了病就感叹不幸。妻子身体不好，就由身体健康的自己来做，还笑着接受了这一切，说这也是命，是迫不得已。我有些羡慕母亲有父亲这样的伴侣，母亲真是有福之人啊。

不知道母亲本人听没听到丈夫说的这些值得庆幸的话，她泰然自若地吹着电风扇，好像很开心似的乘着凉。

从 2014 年秋天我回家的时候开始，家里就多了一些陌生的东西。最显眼的就是化妆品。每次回家，小小的梳妆台上都会多出来一些之前从未见过的化妆品。

母亲多年来都使用资生堂的化妆品，但那些都是化妆水、乳液、面霜、收敛水一系列成套使用的，我想母亲渐渐地不知道先涂什么后涂什么这些顺序了。

所以每次去药妆店，或者碰到经营邮购化妆品的朋友时，母亲可能认为他们推荐的化妆品用起来很简单，所以就买下了。但是，母亲连之前用过的化妆品的使用方法都不知道了，所以应该也不了解新化妆品如何使用，新化妆品都是未开封就扔在一边的状态。其中还有一些闻所未闻的制造商生产的产品，所以我跟母亲确认说："这种东西，你在哪里买的？"母亲镇定自若地回答道："这是什么？我不记得我买过这种东西啊。不是试用品吗？"

这样下去的话，母亲可能会被人欺骗或是利用，在我们不知道的时候就把钱花光的危险性很大。我和父亲商量之后，虽然感到抱歉，但我们还是决定没收母亲掌管多年的钱包。家庭开支由父亲来管理，母亲单独去买东西的时候，父亲只给她买东西的那部分钱。

性格缜密认真的母亲在结婚之后一直记录家庭开支，坚持贯彻算对账才上床睡觉的原则。母亲可能觉得自己不能管理家庭开支是一种屈辱，但这也是舍卒保车之计。

可是，现在这样写出来，我才发现此时的母亲还可以一个人去买东西。父亲和我都认为："还是让本人做一些力所能及的事情比较好。如果因为担心就不让她做力所能及的事，可能会伤害她的自尊心，而且没有脑部刺激，病情就会加重。"所以我们决定，母亲说"自己去"的时候，不论是买东西还是做任何事情，我们都会让她去做。当然，我们也会担心，会偷偷地跟着去。

本以为这样母亲就不会乱花钱了，但是她还是掉进了陷阱里。那就是诈骗电话推销。在我们家，因为父亲听力差，所以基本上都是母亲接电话。母亲似乎在父亲不知情的情况下，中了诈骗电话推销的圈套。

2015年的正月，我回家的时候，发现冰箱里塞满了大量优质海带。北海道的真昆布、利尻昆布、罗臼昆布、日高昆布……总共加起来大概有三十袋，是我们一家三口一辈子也吃不完的量。

我不禁问了一句："这是怎么回事？"后来发现是母亲觉得"至少不要让直子知道"，所以把海带都塞进冰箱藏了起来。父亲说："一个卖北海道海产的人打来电话，你妈妈就照着人家说的买了。"

除了海带之外，母亲好像还订购了一整条大新卷咸鲑鱼、虾夷扇贝等各种各样的海产。父亲看到一下子送来一堆货到付款的东西，吓了一跳。父亲想说不记得买过这些东西，要将货物退回，但是母亲却说："是他们打电话来的时候我买的。"不知为何，这一点母亲倒是记得很清楚，所以无法退货。据说因为这些生鲜食品吃不完，所以他们就分给邻居们了。对此，就连父亲也非常生气，并下了严令："以后再有陌生人打电话来，你马上把电话给我！"总是能言善辩的母亲也道歉说了句"对不起"。我回到家是这件事过了半个多月之后，母亲还清楚地记得自己被骗，惶恐不安。

认真听了母亲说的话之后，我觉得母亲也有很多值得同情的地方。

父母喜欢背包旅行，所以父亲退休之后他们经常两个人去旅行，尤其喜欢北海道和冲绳，母亲被骗的原因之一就是他们在北海道有非常熟悉的食品店。

"之前我去北海道旅行的时候经常去买土特产，我以为打电话来的是土特产市场的人呢。他说我最近没有去光顾，我们就聊了起来……"

哎呀，妈，那是电话诈骗的惯用手段。

"因为他说他们有上等的新卷鲑鱼，正好你又快回来了，所以我想正月我们可以一起吃……"

母亲用有气无力的声音说着。

是啊，这是我回家之前发生的事。我不知道如何回答是好。想让正月回来的女儿吃上美味的食物……母亲对女儿不变的疼爱之心被道德败坏的生意人利用了。

但是，如果是以前的母亲想和女儿一起吃这条被寄来的鲑鱼的话，她应该会仔细地把鱼切成鱼片，然后用保鲜膜封起来冷冻保存。这次没有冷冻，而是送给了邻居们，是因为母亲已经不记得冷冻保存的方法了。

这么说来，我们家的冰箱有一阵子没有用过了。原本是空空如也的，现在变成了因上当受骗而购买的商品的藏身之处了。或许，今后也会发生越来越多我无法想象的情况。看到大量被冻得硬邦邦的海带，我感受到了犹如身体下沉一般的恐惧。

对于这件事，父亲好像感到管理家庭支出的自己也负有责任，坚决不告诉我花了多少钱。我猜想了一下，恐怕是很大的数额，可能花了 10 多万日元。因为之后过了几天，警察穿着制服来到我家，问道："我们最近逮捕了一个电话诈骗团伙，名单上有您母亲的名字。你们没有受到什么损失吗？"根据线索来看，就只有那次吧（又或者只是我没有发现，其实还有其他的……）

顺带说一下，海带的包装袋上贴着卖家的标签，所以我查了一下，发现是札幌早市里一家真实存在的店铺。虽然很恼火，但是扔掉又浪费，我们就把海带拿来煮汤或者放关东煮里吃掉了，味道还挺好的。所以，我想犯罪团伙可能是在早市里买了海产品，然后再以高价将其转卖出去。不是劣质海产这一点至少让我得到了一些宽慰。

这件事发生后，每次母亲接电话，父亲都会逐一询问："是谁打来的电话？"母亲大概是受这次事件的影响，即使嫌父亲太唠叨也不太和父亲争辩了。

于是，我开始觉得他们的两人生活差不多快到极限了。是我回老家呢？还是继续再远距离生活一段时间，等到被认定需要护理之后开始使用护理服务呢？必须要选择一个了。

但是父母并没有轻易地认同我的想法。

第五章

我想做一个不给
别人添麻烦的老人

2015 年，母亲的病情好像恶化了。连刚发生的事情，母亲都会忘得一干二净，比如"已经吃过早饭了吗？没吃吗？""我有接过那个电话吗？不记得了。"

母亲还在继续吃抑制阿尔茨海默病发展的"美金刚"，但是说到治疗健忘，不知道这个药是否有效。如果不吃药的话也不知道会怎么样，所以没办法进行比较。但是有一点是明显好转了的。父亲说："之前不管我说什么你妈妈都跟我抬杠，最近好像不这样了。"

是的，不知为何，母亲在性格上似乎变得温和了，从前那个爱开玩笑的快乐的母亲又渐渐地回来了。如果是药起了作用的话，不管是为了母亲，还是为了和母亲 24 小时朝夕相处的父亲，这都是一个值得庆幸的变化。

但是，这种温和如果是介怀"自己上当受骗给家人添了麻烦"，而对父亲和我感到抱歉的话……

"其他事情，妈妈很快就忘记了，为什么只有被诱导买海带这件事却一直都记得呢？"

父亲和我都感到不可思议，母亲一直执着于因为自己的失误才买了几万日元的海产这件事。她自己总是旧事重提，并多次道歉说"不能上当受骗""给你们添麻烦了""对不起"。

"没关系，事情已经结束了，以后如果有陌生人打电话来，你叫我或者爸爸听电话就可以了。"我这样安慰着母亲。母亲有气无力地微笑着说："是啊，有你们在真是帮了大忙，谢谢。"但是过了一会儿，母亲又开始说："真的不能上当受骗啊。对不起啊。"

据说，即便是阿尔茨海默病患者，对于情感受到强烈冲击的事情也是很难忘记的。这么一想，母亲可能因为被诈骗团伙欺骗，受到了很大的伤害吧。她觉得就是因为自己没用，所以才让家人花了巨款。

我之前写道，"我变笨了，请多关照"这句话是 2017 年正月时母亲作为新年愿景所说的话。同样，2015 年正月我问母亲"今年你想度过怎样的一年"时，母亲回答说："我想做一个不给别人添麻烦的老人。"直到现在，再看到当时视频中拍摄的母亲的笑脸时，我都会哭出来。因为母亲总是笑嘻嘻地回答，但是在那满脸的笑容背后，我感受到了她对上当受骗的自己的愤怒和"绝对不可以再犯同样错误"的非同一般的决心。

直到现在，我无论如何都无法原谅让母亲产生这一想法的诈骗团伙。

还有一件事是从 2015 年的正月开始母亲发生的一些变化。从这一年开始，她不想再写贺年卡了。母亲 50 多岁结束抚养子女的义务之后就开始沉迷于书法，每年都研墨用毛笔写下我这种外行人看不懂的笔精墨妙的贺年卡。

在这里说些题外话，为了让大家了解一下母亲的为人，我想说一说身体健康时的母亲有多么沉迷书法。

母亲的专长是"假名"，她加入了一个名为一东书道会的团体，每天钻研。我是一个门外汉，所以不太了解，但是母亲的书法才艺好像还颇为高超。2007年，母亲78岁的时候，在四大书法展之一的"读卖书法展"中获得特等奖，来东京出席了表彰仪式。

直到现在我还记得很清楚。颁奖仪式的会场在高轮格兰王子大饭店，主持人是日本电视台的播音员菅谷大介。当主持人喊出"假名组别特等奖"及母亲的雅号"信友光月"后，会场的大屏幕上出现了母亲起身喊"到"的身影，在这样超乎想象的隆重舞台上，我都紧张得双腿发抖。

母亲的作品在新美术馆展出，我们还一起去观赏过。想来，那一天是母亲一生中最骄傲的一天吧。我打开摄像机留念，用视频记录了母亲耀眼夺目的姿态，成了非常珍贵的纪念。

我之所以认为母亲很了不起，是因为她不是从年轻时开始学习书法，而是从50多岁时才开始钻研。而且能够达到全国水平，应该是需要相当专注的。

母亲开始练习书法的契机其实很简单。那个时候我作为家里的独生女要去东京上大学，母亲好像沦为了所谓的"空巢症候群"，经常把"我也必须找些自己想做的事情来做"这句话挂在嘴边。而且，书法是母亲在附近的主妇朋友们的邀请下开始学习的，她们在一次偶然的机会下告诉母亲："这附近好像有一位很厉害的人可以教书法。"也许书法的世界和母亲的性格很相配吧。母亲沉迷的程度是非常惊人的。最开始的时候，教书法的老师也是吴市市内的老师，但是不久之后，母亲就开始去广岛市学习，用的墨和砚台、半纸也变得讲究起来，《万叶集》《古今和歌集》的解说著作开始在老家的书架上排成一排……

65岁之后，母亲就开始到日本"假名"第一人、如今已成为文化功劳者的井茂圭洞先生位于神户的家中学习。母亲每个月要坐新干线到神户去两三次。在练成会的时候，母亲好像还留宿在像道场一样的地方，专心致志地练习书法。

母亲行动力惊人，但我认为从不抱怨、允许母亲从吴市去神户的父亲更加了不起。他们已经过上了领养老金的生活，生活应该不是很富裕。新干线车费、学费、作品的装裱费，再加上展出费……总之我认为这是一个很费钱的兴趣爱好，但是父亲还是由衷地支持沉迷于书法的母亲。因为让家人彻底地"做自己想做的事情"是父亲的原则。我认为这体现了父亲的度量之大（顺便说一下，我能继续在东京从事制作纪录片的工作也是因为父亲的这种教育方针，这件事稍后再说）。

母亲突然说出"我要放弃书法了"这句话是在2010年的时候。

突如其来的宣言让父亲和我都感到很震惊。我问母亲："为什么？"但是母亲只是说："因为年纪大了。"那时母亲 81 岁，说到年纪，母亲确实是上了年纪，但是身体还很硬朗，正是朝着人选日本美术展览会这一目标努力的时候。

尽管父亲鼓励说："这不是很可惜吗？你不是还说接下来的日本美术展览你会鼓足干劲吗？"母亲还是没有改变她的决定。

"年纪大了，去神户太累啦。以后我就在家悠闲自得地写写吧。"

"哦，好吧，既然你都这么说了那就没办法了。都努力走到这一步了，好可惜。"

我第一次感觉母亲"有些奇怪"是在 2012 年，所以 2010 年的时候，父亲和我做梦都没有想到母亲会得阿尔茨海默病。因此，我们两个都感觉有些莫名其妙，但是可能在那个时候，母亲就意识到自己的异常了吧。我现在是这么想的。母亲一定是对书法失去了自信，所以放弃了去神户的吧。如果不是这样的话，那突如其来的引退宣言就无从解释了。

比如，因为神户的教室在住宅区里很难找的地方，这条路明明走了几年却还是迷路了，或者自己想要写的字怎么都写不出来。

最近，我听到和母亲一起去神户教室学习的人说："你妈妈以前总是在大家的中心位活跃气氛，但是渐渐地就变得安静了，最后那段时间就坐在角落没什么精神。"

原来是这样，从那么久之前，母亲就失去了自信。为了不让学习书法的朋友们察觉到自己的异常就慢慢地削弱存在感的母亲，战战兢兢地度过了那些日子，很不开心吧。

如果能把这些告诉家人就好了啊。我一直认为自己和母亲关系很好，彼此是无话不谈的关系，但是母亲唯独不想让丈夫和女儿知道自己的大脑出现了异常。那个时候，每次见面，总是可以看到一个朝气蓬勃的母亲，但是母亲本人是多么的不安和孤独啊。我对没有任何察觉的自己真的感到非常气愤。

接下来回到正题，我来说一下从 2015 年开始母亲就不再写贺年卡的事情。每到正月，母亲就会收到很多全国各地的一东书道会的友人们寄来的笔精墨妙的贺年卡。之前，母亲一定会在年前将贺年卡寄出去。但是，这一年到了新年，虽然母亲收到的贺年卡越来越多，但是她找了各种各样的理由，就是不打算回信。

"你已经 85 岁了，别人寄来了贺年卡，你不回信的话，别人可能会以为你过世了。"

我说了一个近乎母亲喜好的黑色幽默，母亲笑着说了句"还真是啊"，但接着又说："你不练书法，所以不知道，研墨写字可是一件大事。我还有很多其他的事要做，忙得没时间写啊。"

"即便不用毛笔写，也可以盖上我们家恭贺新年的印章，用圆珠笔随便写写不就好了嘛。"

"不行，还是要用毛笔认真地写。大家都是一丝不苟地写完寄来的。"

虽说母亲反应变慢了，但是作为"信友光月"的自尊心仍然存在，想写出一手好字。但是她知道自己写不出来，况且在女儿面前就更不想写了吧。但是也不能不回信，最后，在我回东京的前一天，明信片正面的字是我来写的，然后在背面盖上了"谨贺新年"的印章。我把笔递给母亲说："你至少自己写一句话吧？"母亲才下定决心开始写起来。

如果母亲不会写字怎么办。

其实我的内心非常不安。但是母亲的字虽然看上去有些颤抖，但还是分毫不差地写了出来。

"愿今年也是美好的一年。"

母亲还是会写字的。我松了口气。但是第二张明信片就写成了"愿你愿今年也美好的一年"。我不知道该怎样提醒母亲，但此时是母亲帮了我。

"写错啦。怎么办？你要吗？把这张寄给你吧。"

啊，母亲来这一招了吗？使出岔开话题以便掩盖失误的战术了吗？但这样也好过看到母亲失落的样子吧。

"好啊，寄给我吧。我留着当作妈妈今年的纪念。"

©2018 NETZGEN/FUJI TELEVISION NETWORK/KANSAI TELECASTING CORPORATION All rights reserved.

　　我一边说着一边想，还真是这么回事啊。今年可能是最后一年收到母亲亲手写的明信片了呀。

· 第六章 ·

我也有男性的美学

我第一次跟父母提出"让妈妈接受护理认定，享受护理服务怎么样"这个问题是在 2015 年 4 月，那个时候我趁着工作的空闲时间请了几天假回到了老家。

　　母亲被确诊为阿尔茨海默病已经有一年多了。每次回家，我都会发现一些新的异常。每当这个时候，我都会提出"要不要我回来和你们一起住"，但都被父亲固执地拒绝道："不，还不用，我身体还硬朗的时候，我会照顾你妈妈。"

　　虽然有些羞愧，但是我仗着父亲的这句话，继续做着东京的工作，继续把 86 岁患病的母亲和 94 岁的父亲两个人留在老家生活。我还是很担心，所以我每天都从东京给父母打电话。当我问"怎么样？还好吗"的时候，父母每次都会用爽朗的声音做出如出一辙的回答："挺好的。我们俩都很好。你怎么样啊？还好吗？"

　　但是，仔细想一想，女儿打来电话询问自己的身体状况时，没有父母会说不好吧？就算是身体真的有问题，为了不让女儿担心，他们不是也会说没问题吗？

我之所以会这样想，是因为四月回家检查家里的东西时，我又发现了新的问题。冰箱里放着一份发了霉的饭。母亲可能是把吃剩的饭放在特百惠的盒子里就忘记了，所以在冰箱里放置了很长一段时间吧。让我还算放心的是，当我把发霉的饭拿给母亲看并告诉她"竟然还有这种东西"时，母亲立刻说："哎呀，这个不能再吃了呀。浪费食物有罪，但是变成这样就只能扔了呀。"于是就扔掉了。母亲还能够判断出这个是能吃还是不能吃，也就是说我不需要担心母亲会吃腐烂的食物。

但我把这件事告诉父亲后，父亲带着一种不以为然的语气说道："我会小心那些腐烂的食物，所以没事儿。但是你妈妈最近拉肚子，我想她可能是吃了什么不新鲜的东西吧。"

我惊讶地问道："什么？妈妈拉肚子了？什么时候？你在电话里怎么没跟我说过这件事情呢？"

"你妈妈也不会每件事情都告诉你啊，她也不好意思。"

据说母亲是没来得及走到卫生间就把走廊弄脏了，所以她拼命地擦干净了。

"你知道我为什么每天都打电话吗？发生这种事，你就不能告诉我吗？"

但是父亲好像也有他的道理："你妈妈也想跟我隐瞒她大小便失禁的事情，就拼命地擦地、洗内裤，你觉得我能告诉你吗？"

话虽然是这样说，可是，这算什么！自尊心强的妻子和想要袒护妻子的丈夫"合作双打"。

　　我不禁对他们牢固的羁绊感到钦佩，但是现在不是该钦佩的时候。作为女儿听到这些话之后，我猜想，虽然这次是父亲说漏嘴，将母亲偶尔腹泻的事情告诉我，但是他们是不是还有其他"有问题"的事情瞒着我呢？

　　而且，这次只是吃坏肚子而已，但可能还有更加严重的情况。如果他们还是不同意我回老家和他们一起住的话，那还是找人提供护理服务更好一些吧。

　　比如，如果请护工定期到家里来确认冰箱和橱柜里是否有忘记吃的剩菜的话，就不会因为吃了不新鲜的食物而坏肚子了吧。而且他们只吃便当和现成的副食，我很担心。这样吃的话容易导致新鲜蔬菜的摄入量不足，因此以帮助母亲做家务的形式让护工到家里来，每个星期做几次营养均衡的饭菜不是更好吗？

　　第二天，我趁着他们喝完父亲泡的咖啡放松时，开启了话题。在母亲面前我怎么都说不出"阿尔茨海默病"这个词，所以我就用了一种迂回的方式说道："因为你们都已经上了年纪，让你们两个人生活的话，我怕有危险。好不容易买了护理保险，请个护工来是不是也挺好呢？"

　　首先回应我的是父亲。

"我也有男性的美学。在我身体健康的时候，不想被别人照顾。你妈妈还可以由我来照顾。让别人来家里的话，我和你妈妈都会有顾虑，我拒绝。"

父亲作为一家之主，有一种有生之年不会让外人跨进自家门槛的气势。母亲也立刻表示赞同。

"我也不喜欢。我不知道什么护工不护工，有人说要来，我就要收拾屋子吧。必须要打扫干净，还要用茶和点心招待他，只会增加我的工作量。"

母亲有母亲的道理。这的确是一个多年来打理家庭的主妇的想法。实际上，正因为母亲做不了这些事，我才提议请护工的。

虽然我隐隐约约地猜到父亲可能也会反对，但是母亲的固执让我感到有些出乎意料。虽然女儿称赞父母也挺奇怪的，但母亲原本是很讨人喜欢的性格，来家里玩的朋友也很多。以前不论是什么客人，母亲都十分欢迎，她是一个会说"快请进，这个点心也很好吃，吃吧"，喜欢用各种各样的东西招待客人……得了病以后，一听说有人要来，母亲就产生了抗拒的反应。为了迎接客人要打扫屋子，和客人聊天、说说笑笑，所有的事情都变得费事、麻烦起来。

总之，我就这样遭到了父亲和母亲的强烈反对，我的"护理服务引进作战"第一回合彻底地失败了。

©2018 NETZGEN/FUJI TELEVISION NETWORK/KANSAI TELECASTING CORPORATION All rights reserved.

我走投无路了。他们对我说暂时不用回来，另一边还拒绝护理服务。父亲和母亲坚持两个人生活，但是面对病情不断发展下去的母亲，听力衰退且近95岁的父亲可以照顾到什么时候呢？

父亲虽然没有任何内科方面的疾病，但是85岁开始他的听力加速衰退。父亲自己也想做点什么，去耳鼻科看诊却没有好转。为了配助听器，我也带父亲去了好多次专卖店，但是不合父亲的意。父亲说："我不喜欢助听器。除了想听的声音之外，还会听到杂音，我头疼。"所以一直没有找到有效的对策。

结果那段时期跟父亲说话时，他的听力已经差到同样的话必须说三遍才能听到。而且必须靠近耳边，或者用很大的声音说。母亲有什么事情时，听力差的父亲如果没有发现的话怎么办呢……这确实是我最担心的，但其实我还有其他担心的事情。母亲叫了几次，父亲却没有听到，或者就算听到了也是答非所问，所以母亲就渐渐放弃和父亲交流了。

身体健康时的母亲从父亲的样子就可以判断出他"没听到"，然后会靠近父亲在他耳边说，所以他们能够很好地沟通。但是得了病之后，如果父亲没听到，母亲是不会想到要走去父亲的身边说吧，只会在远处一遍又一遍地大喊。

"妈，不用那么大声，你靠近一些，在他耳边说，爸爸就可以听到了。"

不论我怎么说，母亲都好像有些意气用事似的，在远处大声地重复着同样的话。

最后母亲不开心地说："我说了好几遍他都听不到，你爸爸就是看不起我。算了。"然后她就放弃了对话。

"我爸没有看不起你呀，只是没听见而已。爸，你听听我妈跟你说的话呀。"

"哎呀，你妈妈跟我说话了吗？怎么了？"

此时，父亲才开始有所察觉。我在的时候，可以像这样在他们两人之间搭话，所以还好。但是只有他们两个人的时候，他们到底是怎么相处的呢？母亲从远处跟父亲说了好多次话，父亲没听清就回了句："什么？"母亲又在远处重复着同样的台词，对话完全进行不下去——只是想想就觉得压力很大。这种焦躁不安的状况不是不利于改善母亲的病吗？

而且更重要的是，我担心母亲会渐渐地因为和父亲对话麻烦就不再说话了。父亲喜欢看纸质版读物，一直以来都看报纸，所以就算不说话，大脑也可以充分运转。但是母亲自从得了病，就不看报纸和电视了，所以如果不和父亲说话，母亲就得不到来自外部的刺激。

听说没有刺激的话，病情就会加重。为了不让母亲的病发展下去，不能让她只是和听力衰退的父亲一起生活。还是通过护理需求认定，享受护理服务，和外界接触以得到适当的刺激会更好一些吧。

那么，这段时期的母亲在做些什么呢？母亲一整天都穿着围裙站在厨房。厨房里没有什么特别的事情时，母亲也是如此。母亲已经不会做饭了。所以就算自己不做饭，如果饭后有需要洗的碗，母亲会说上一句"终于轮到我出场了"，然后干劲十足地洗着碗。如果我想插手，母亲就会阻止道："我来洗。你都给我做饭了，去歇着吧。"

实际上这个时候，母亲可以在厨房里大显身手的就只有饭后清理的工作了。做这些事，母亲就会安心地认为"可以帮上家人的忙"吧。我深切地感受到了母亲的这种想法，就把这些交给母亲来做了。

将餐具和锅清洗、擦干、收好，用抹布将灶台和水槽擦得干干净净，再把厨余垃圾归拢到一起，扔到后院的大垃圾袋里。这一连串的动作花费的时间虽然比以前多，但是母亲整理过的厨房和以前一样闪闪发光。煤气灶周围的油渍被擦得干干净净，不锈钢水槽也被擦得洁净如镜。

虽然不能做饭，但是厨房仍然是母亲的领地。

收拾过后闪闪发光的厨房里已经没有什么可以做的事情了，但母亲还是一直留在厨房里整理着。我问母亲："你在干什么呢？"

"没有，我没做什么……"

母亲感觉自己被发现了，就一边难为情地笑着，一边含糊其词。当我去看母亲到底在做什么的时候，发现她好像是在确认刚才整理到橱柜上的餐具和锅是否真的放对了地方。

"这个是放在这里的吧。"

"这个应该放在那边来着吧。"

一边嘟嘟囔囔地自言自语，一边将餐具一会儿拿出来一会儿放进去。我的眼眶充满了泪水，悄悄地离开了厨房。

母亲花了几十年的时间，将所有的烹饪工具和餐具按照自己的使用习惯决定好了它们各自的摆放位置。这样说来，母亲一开始得阿尔茨海默病的时候，还可以自己做饭，会经常问我"平底煎锅在哪来着""砂锅要放在哪里呢"。我不在老家的时候，母亲可能也有好多次忘记东西的摆放位置而四处寻找吧。最近我没有听到母亲再问我这些问题了，所以我想是不是因为病情恶化，母亲连这些事情都不在意了呢。但其实母亲一直在努力不忘记物品的摆放位置……为了将物品的位置灌输到变得不太灵活的头脑中，母亲反复多次将东西拿进拿出。

母亲想完全掌控自己领地内的东西，乃至细节。如果有损坏的地方，母亲也想依靠自己的力量好好进行修复。因此，母亲"坚守着城池"。我看到了母亲作为主妇的自尊，肃然起敬。

母亲在厨房里的检查工作会一直持续，直到白天我进厨房做下一顿饭或者晚饭后我说"妈，该睡觉了"的时候为止。当我以为母亲已经确认完了餐具的摆放位置时，母亲还会继续擦着再干净不过的灶台和水槽，或者将冰箱里我装在特百惠盒中的食材逐一打开确认说："这是什么啊？"

母亲整天闷在厨房，将橱柜和冰箱一会儿打开一会儿关上，她一定是要自己非常忙碌、干活勤快吧。看到母亲的样子，我觉得或许家里还是很难引入护理服务。

或许放弃让护工这样的外人在这个厨房为父母做饭会更好一些吧。因为母亲的自尊心好像会受到严重的伤害。

第七章

你做你的工作就好

再次回家的时候，我和父亲面对面进行了谈判。

之前我只是随便问了句"我还是回来和你们一起住比较好吧？"但我认为必须再认真地开一次家庭会议。因为父亲和母亲都断然拒绝了请人提供护理服务，所以我就借着这个由头说："这样的话，我就只能回来了！"

父亲的意见始终如一。

"你不用担心我。我还很硬朗，我会承担起照顾你妈妈的责任的。如果我自己处理不了了，我会马上跟你商量的。在那之前你就交给我吧。"

父亲平时就充满男子气概，有很强的保护家人的意识，所以我早就猜到父亲会这样说。但是，此时父亲已经 94 岁了。"好累啊"这句话已经成了父亲的口头禅，他一定觉得每天光是活着都非常辛苦吧。父亲明明已经到了就算请人照顾也不足为奇的年纪，但是他却在一个人照顾母亲。

"不要怕给我添麻烦，只要你说让我回来我就回来，我也很担心妈妈，我回来并不麻烦。"

于是，父亲说道："不，你做你的工作就好，你好不容易能做自己想做的工作。"

果然如此。父亲果然是这么想的。我辞掉自己想做的工作回到老家这件事，对于父亲来说一定倍感挫折。

"你去做自己想做的事情吧。"

在我迄今为止的人生中，听到父亲说过很多次这句话。父亲将我的教育问题交给了母亲，基本上从不干预，所以这句话或许可以说是父亲唯一的教育方针。也由此可知，父亲自己"没能做自己想做的事"的遗憾给他留下了很大的阴影。

父亲经常哼歌，这是他多年来的习惯。我几乎是听着父亲哼的歌长大的，但其实父亲的拿手曲目很少，唱的基本上都是同一首歌。

例如，电影中母亲第一次去日托服务中心的那一天，父亲带着得到些许解放的心情，一边整理剪报，一边随意地哼着首歌。

那是第二次世界大战之前的旧制第三高等学校（现京都大学）学生宿舍的舍歌。虽然歌词有些晦涩难懂，但是我还在襁褓中时就开始听，所以我可以背着歌词唱出来。为什么是这首歌呢？那是因为父亲以前想去旧制第三高等学校（简称三高）。但是由于战争爆发和祖父母反对，父亲没有实现这个梦想。

在我小时候，父亲就常跟我说一句让我耳朵都快磨出老茧的话。

"我其实想去三高研究语言学，但是没能去成。我现在都为此感到遗憾不已。"

我似乎在上小学之前就懂了"遗憾"这个词的含义，因为这是父亲说过很多次的词。

生于 1920 年（大正九年）的父亲在旧制中学初次接触了英语，惊讶于英语和日语在语法上的差异，他说他觉得"欧美人和日本人思考方式原本就不一样，想研究这个问题"。父亲非常想在当时西日本的男学生们最向往的三高里研究比较语言学。但是，祖父强烈反对父亲参加三高的入学考试。

"你是要继承我们家米店的人（我家祖辈是经营米店的）。语言学有什么用？你要是想上学，我只同意让你学做生意。"

听到祖父这么说，父亲就到高松高等商业学校（现香川大学经济学院）上学了。但是父亲似乎没有放弃研究语言学的想法，并通过自学的方式继续学习英语。而且好像还偷偷地准备着三高的入学考试……1943 年（昭和十八年），祖父因脑出血猝死。身为长子的父亲必须抚养两个妹妹，不得不放弃考试并参加工作。从前一年开始，国家政策规定大米实行配给制，老家的米店也停业了。

父亲应征入伍，因体格纤弱，最终很幸运地被判定为"丙"，所以没有被派往战场。据说，父亲本来是在广岛市的练兵场，但是8月6日广岛遭到原子弹投掷时，父亲碰巧回了吴市老家，奇迹般地躲过了原子弹轰炸。

从这个意义上来说，父亲活下来或许是一种幸运。但是，在战争期间和战后的动乱时期，父亲必须保护、扶养自己的母亲和两个妹妹。心中怀揣的"研究语言学"的梦想一直没有实现，父亲好像为此感到非常遗憾。

"最终我也没有做自己想做的事情。我非常遗憾，所以我绝对不会让我的女儿也留下这种遗憾。你就做你自己喜欢的事情吧。"

这就是父亲一贯的，或许也是唯一的教育方针。

我18岁考入东京大学，如今想来，这可能都是父亲循循善诱的成果。我于1980年高中毕业，这是一个我父母这一代人仍反对18岁的女儿背井离乡去东京生活的年代。在我成长的吴市，一般女孩子在结婚之前都会在老家生活。但我的父亲则不同，他经常告诉我不要成为井底之蛙，要拥有广阔的视野。

另一方面，高中时期的我曾带着十几岁的少年特有的狭隘视野，批判地看待父亲。现在回看我当时的日记，都是一些尖酸刻薄的言辞。

"我不想要像父亲那样，过着没有完成梦想而追悔莫及的人生。"

"如果父亲那么遗憾的话，现在开始行动起来不就好了吗？"

现在我才明白，父亲是为了供养母亲和我才忍耐着不去做自己想做的事情，选择了工作。年轻的女儿竟如此残忍。我羞愧不已。

我想，父亲或许注意到了我的逆反心理。但如果女儿能以此为动力走向更广阔的世界，这不就是父亲的夙愿吗？就像我喜欢的童话《哭泣的赤鬼》一样，都是令人动容的故事。

从我小时候开始，受父亲喜欢阅读的影响，我也很喜欢看书，甚至还模仿小说写了一些故事。另一方面，母亲是一个喜欢看电影、画水彩画、拍照的人。在母亲的影响下，我对视觉上的表现也有兴趣。总之，在周围的人看来，我一定是一个可笑的、自我意识过强的文学少女。

于是，18岁的时候，我已经开始决定从事创作视频、文章这类能够表达自我想法的工作了。我崇拜向田邦子，也想去东京一较高下。父亲为我的决心感到非常开心。

"是吗？你想做的是那个啊？那就尽全力去做吧。作为父母，我们能做的就是为你提供一切支持。"

父亲又说："能够做自己想做之事的人是很厉害的。你今后的人生会发生各种各样的事，但如果是做自己想做的事情，即便再难熬的时候，内心也是快乐的。"

此后将近40年里，不论发生任何事情，父亲都没有违背诺言，一直支持"在东京从事着自己想做的工作的我"。母亲的想法也是一样的。我认为正因为有他们一直在远方关注着我，我才可以在东京努力到今天。

我从大学毕业后入职了两年的森永制菓辞职，说自己要去电视制作公司工作时，一般的父母可能会反对说："好不容易才进入一流公司，辞职的话很可惜啊。"但是父亲却说："我觉得你迟早会这么说。如果你认为这样可以做自己想做的事情，我们是不会反对的。为了不让自己后悔，你自己考虑清楚做决定吧。"尽管他们知道我的生活会变得不稳定，但还是选择支持我。

我在30多岁的时候，发现了拍摄纪录片的乐趣，继而开始废寝忘食地专注于工作。因为沉迷工作，我回家的次数也很少。但是偶尔回家的我和父亲谈起工作的意义时，父亲总是拍着手高兴地说："是吗，这很好啊，能做自己想做的事情是最棒的。"我每次制作节目都会告诉父母，当我把播出日期告诉他们后，父亲会提前很长时间就端坐在电视机前等着观看节目。

我回想起母亲曾打来电话笑着说："你爸爸在你的节目开播前一个小时就开始端端正正地坐着，把声音调得大到我都担心会打扰到邻居，然后开始看电视。"我对接过电话的父亲开玩笑说：
"就算你提前一个小时看，时间没到也不会开播的。"

"我耳背，我想在你的节目开播的时候适应电视的声音，能
听清楚电视里说了什么。所以早早地打开电视，让耳朵先适应
一下。"

而且父亲经常说："我是你节目的头号粉丝。"

我制作的节目对于父亲来说是一个未知的世界。例如，看
到描述现代青年生活现状的纪录片时，父亲也会受到启发说："如
今的年轻人变成这样了吗？很有趣啊。"然后自己买书学习。

而且，在我面临最大危机的时候，即45岁时，可能因为工
作过量，我得了乳腺癌。面对即便如此还想继续工作的我，父亲
并没有不顾一切地阻止。

"就算我阻止，你也会继续做你想做的事情吧。但是，自己
的身体自己应该最清楚，没有必要为了工作搞垮身体。我们认为
你的健康才是最重要的事情。"

这只是一般的忠告。但是父亲又说道："你得了癌症，人生
观也变了吧。以后你的作品风格可能也会改变啊。"

就这样，虽然发生了各种各样的事情，但是我长期在东京
从事自己想做的工作期间，我发现父亲和我之间产生了一种不可
思议的连带感——"父亲没有完成梦想的遗憾，就由我这个女儿

来弥补"。我从父亲手中接过接力棒，仿佛是作为消除父亲遗憾之念的接力赛选手一般奔跑着。而就在这时，母亲患上了阿尔茨海默病。父亲可能会想："直子好不容易才可以在东京把梦想当成工作努力奋斗着，她妈妈得了病，如果因为我一个人照顾不了她妈妈而导致直子辞掉工作回来的话，我一定无法原谅自己。"

是的，我放弃自己想做的事情回老家的话，对于父亲来说一定是一个很大的挫折。那样对父亲来说才真是"遗憾"啊。

但是，那该怎样呢？

我回来的话就会伤害到父亲，而且即便这样他们也不想接受护理服务。

年迈的他们真的打算只依靠彼此生活下去吗？

我也理解父亲说的话。夫妻二人相互扶持着渐渐老去，这或许也是一种美学。父亲和母亲彼此信任，并且两个人的生活在精神上得到了满足。因此，如果他们想就这样不为人知地和谐相处直到死去，任何人也没有阻止的权利。

如果放在电影或者小说中，这是很美好的。但是现实生活中又会怎样呢？

邻居们会怎么看待我们家呢？

从一个新闻工作者特有的视角来看，父亲和母亲目前的状态不就是"社会上的家里蹲"吗？

我家曾经是一个有很多人经常来做客的热闹家庭，自从母亲得了病之后，母亲自不必说，就连父亲仿佛也不喜欢母亲抛头露面，把来做客的人全都拒之门外。就这样，之前来家里玩的人都因为有顾虑而不怎么来做客了。当我有所察觉时，我感觉已经有好几年都没看到在家中客厅放松休息的客人了。

　　从这个角度来看，家里打扫卫生也不像从前那样到位了。窗沿和架子上积了灰，院子里的树也肆意生长着。在旁人看来真的就是一个"宅人之家"。

　　如何做才是正确的呢？不论怎么思考，这个烦恼可能也是无解的。但随着时间流逝，母亲的病情也在不断发展，所以必须找出答案。有父亲和母亲的尊严问题，有面子的问题，还有我的生活问题，都该怎么办呢？

　　重压之下我快要崩溃了，我想这个时期的我一定是最有抑郁倾向的时候。身处困境时还没有察觉，但事后想来，我认为那个时候的自己正处于非常抑郁的状态。

　　就在这个时候，母亲第一次和我面对面倾诉了她自己的苦恼。

· 第八章 ·

为什么要在这么
重要的时刻?
你好不容易回来一次

因为从广岛机场回吴市的大巴会停在老家附近，所以我回吴市老家时大多坐飞机。2014年和2015年这两年，因为担心足不出户的父母二人，我每年都回家五次左右。这段时期，我每次回家坐上从机场发车的大巴时，心情都会逐渐变得沉重，胸口感觉发闷。大巴越是靠近老家，我就越感到不安。

　　母亲怎么样了？

　　没有见面的这段时间，病情有没有发展？

　　在电话里交谈时，母亲似乎还记得我，但是见面之后，万一母亲不认识我了怎么办？

　　我脑中浮想出种种不祥之事，越来越害怕回家。

　　我回想起母亲健康的时候，我坐在同样的大巴上颠簸着，兴奋地期待快点见到父母，猜想父母会带着何种表情来接我。事到如今我才深切地体会到，那是多么幸运和难得的事情，想到这我不禁泪湿眼眶。

　　我年轻的时候，父亲和母亲两个人也曾到大巴站来接过我啊。父亲一边接过我的行李一边说："你总是拿这么多行李。"然后我们三个人并肩走回家。那时，父亲和母亲走路都很快，迈着矫健的步伐。

2015 年年底，我回老家的时候，先是被母亲穿的衣服吓了一跳。

在细横条花纹的长袖 T 恤衫外，套了一件同样是横条花纹的马甲。条纹配条纹是崇尚保守型时尚的母亲以前绝对不会选择的穿搭方式，而且颜色也不搭。很明显，我想这只是母亲看见了就随便拿来穿的衣服。

我因为担心，所以将母亲衣柜的抽屉打开来看，发现以前叠得整整齐齐的内衣杂乱无章，内衣、外衣、裙子、裤子都混放在一起，塞得满满当当的。

我想这就像母亲现在的大脑吧，把抽屉关起来的话什么都看不到，但是里面却是非常混乱的状态。从外部观察母亲的大脑，也是什么都看不到，但是里面也像这样是乱七八糟的吧。

母亲开始开口倾诉自己的不安。

"我的脑袋好像变得很奇怪，我变笨了。"

我非常震惊。之前遭遇什么失败的时候，母亲虽然会开玩笑似的说："我是傻了吗？"但是总的来说，她还是会装出一副对自己的异常浑然不知的样子，试图将其搪塞、掩饰过去……但是父亲最近可能经常听到这句话，并没有很吃惊，而是干脆地做出了回答："谁都会上年纪，都会变得很奇怪。我也健忘。"

"是吗？要是这样的话就好了。"

母亲似乎没有接受父亲的话，但她放弃和听力差的父亲继续对话了。母亲靠在门板上一会儿不停地用双手梳着头发，一会儿用手掌捂着脸，还一边重复说着"奇怪啊"。

那是新的一年，2016年1月2日发生的一件事。元旦和1月2日，我们一家三口围在一起吃我做的年糕汤和年节菜，母亲也满意地笑着说："真好吃啊。好幸福。"

到了2号傍晚，在餐桌下捡地毯上垃圾碎屑的母亲突然向我发问："现在是正月吧？但是我没买任何像样的正月用的东西，怎么办呢？"

我惊讶地反问道："什么？"

母亲又对我说："因为是正月，店铺都不开门。就用家里有的东西凑合一下吧。都怪我。你饿了吧？"

"食材的话，我都买回来了。而且我不是还做了年节菜和年糕汤吗？"

"做了吗？是这样啊？"

"今天早上我不是做了牡蛎年糕汤吗？你还很开心说'好吃，好吃'，我爸不是还说'那我的牡蛎也给你'，给你分了他的牡蛎吗？"

"这样啊？还有这种事吗？我都忘了。"

母亲可能是对自己完全不记得这件事而感到震惊，说话的声音好像都快哭出来了。父亲像往常一样，在客厅里一边哼着歌，一边看着报纸，完全没注意到这里发生的事情。我预感好像要发生什么事情似的，就做好准备应对母亲接下来会说的话。于是，母亲像决堤之水一样说了很多话。

"我不记得，不记得。我变笨了啊，我不记得。这是怎么回事啊？"

然后母亲又转过来直视着我问道："我奇怪吗？很奇怪吧？"被这么一问，我也不能再搪塞母亲了。

"嗯，我也觉得有些奇怪。"

"怎么办才好呢？"

"你什么都不用做。有爸爸和我在呢。"

不论我怎么安慰，母亲都反复地诉说着自己的不安。但母亲下一句话就问道："晚饭怎么办呢？你想吃什么？"

果然，母亲还是母亲。当我说"都已经准备好了"的时候，母亲放心地说了句"啊，那就好。"与此同时，母亲好像也燃起了对我的歉意，自言自语地嘟囔着："为什么要在这么重要的时候？你好不容易在家，为什么我会不记得呢？"

"妈……"

我不禁哽咽起来。母亲把我回家想成是"好不容易在家"和"重要的时候"。我最近因为担心还算经常回家，可是母亲健康时，我每年只是在正月的时候回家一次。这对母亲来说是人生中"重要的时候"。临近我回家的时候，母亲一定在思考给我做些什么吃的等各种事情，然后积极地进行准备，将身体调整到万无一失的状态迎接我回家。

正因为母亲这句自言自语般的喃喃之语，我深切地感受到了母亲无条件的爱。母亲如此期待的话，我年轻时回家的次数再稍微频繁一些就好了。出于工作原因，有一次正月我没有回家。那个正月，母亲应该感到很孤寂吧，应该是和父亲两个人一边吃着年糕汤，一边说："直子过年过得还好吧。"

母亲也哭了出来。自己为什么要在女儿偶尔回家的重要的时刻变得异常呢？明明还想为女儿做各种各样的事情，现在不但什么都做不了，反过来还要让女儿担心。

"让你那么担心，给你添了麻烦。对不起，对不起。"

"没有那回事，我们不是一家人嘛。"

"对不起，什么事情都交给你做。"

"没事，一直以来都是你在为我做。"

"是吗？"

"因为一直以来都是你为我做，所以现在我来做。"

"是吗？我做过吗？那就好。"

"我得乳腺癌的时候，你不是也一直照顾我吗？"

"是这样吗？啊，是啊。病好了就好。"

"所以，什么事情我都会为妈妈做。"

"嗯，谢谢。我知道了。"

"就算你不知道怎么做，任何事我都为你做的。"

"嗯，谢谢。拜托你了，拜托你了。"

直到现在，当回看视频中这一连串的对话时，我感觉好像把我带回到了那一天，我的内心非常痛苦。我有好好地遵守那天和母亲定下的约定吗？

母亲说完"拜托了"之后，又对我说道："果然还是你回来比较好。"然后情绪恢复了稳定。母亲站起来，一边抚平桌布上的褶皱，一边说道："不，你回来我很开心，但是你也有工作啊。就按照你喜欢的方式去做吧。我身体挺好的。"

"你不是身体不好嘛，妈。"

"我很好，没事，你不用担心。"

"你不是记不住事情了吗？"

"记得住……记得住啊。"

然后，母亲说道："我认为你按照自己喜欢的方式来做才是最好的。我身体很好，虽然你回来我也不能为你做任何事，但是如果你想回来，可以随时回来。你来决定吧。"

现在回看视频之后我才明白，其实母亲此时是希望我回去的。我多次询问母亲她希望我怎么做，但是母亲知道自己说的话会改变女儿的人生，所以绝对不会说她希望我回来。

虽然母亲挂念我而说出"按照你喜欢的方式做吧"，但如今我认为母亲的真心话是"你回来我很开心""如果你想回来，可以随时回来"。其实母亲重复说了很多次"如果你想回来，可以随时回来"。

为什么那时我没有察觉母亲真正的意思呢？那个时候，我接受了"我认为你按照自己喜欢的方式来做才是最好的"这句对自己有益的话，并倚仗着这句话，就没有做出回家的决定。

我想母亲此时也是最痛苦的。只有她和听力衰退的父亲两个人生活，也会有因为和父亲说话却无人应答而感到焦躁的时候吧。就算把自己因逐渐异常而产生的不安向父亲倾诉，也只能分担自己一半的感受。母亲无奈地放弃了沟通，每天过着将自己封闭起来的日子。

但是，那时我回老家的话，事情会变得怎样呢？

或许只是由父亲和母亲两个人足不出户的生活变为父亲、母亲和我三个人足不出户的生活——我认为这种可能性很大。可能会因为父亲和母亲不同意而无法请人提供护理服务，我每天也会夹在控诉"我什么都记不住，怎么办才好"的母亲和因听力差而无法顺利进行对话的父亲中间，在精神上被逼到绝路。这样一想，此后不久，出于巧合与护理支援专员和护工取得联系，让我们再次和外部世界有了接触，对于信友家来说真的是一件幸事。

顺便说一下，父亲这一天完全没有注意到母亲和我哭着进行的对话，一个人在客厅里一直开心地唱着不解其意的歌。

其实我也非常喜欢父亲这种悠闲的性格。看视频时，我发现在母亲不知所措地问"自己以后会变成什么样……"的时候，父亲大声地唱着歌，一想到这就是信友家的真实写照，我就笑了起来。

正如卓别林所说："用特写镜头看生活，人生就是一场悲剧，但用长镜头来看则是一场喜剧。"

父亲因为听力差，也认为"听不到讨厌的声音或许也是一种幸福"。尤其是后来母亲每天都有两三次像开了开关一样开始说道："我变笨了。怎么办好呢？"随着时间的流逝，母亲的说辞就升级为"我很碍事吧。我不在就好了"，最终又变成"我干脆死了算了。"每天都听到这些话，真的会让人感到不舒服。因为当听到这句话的时候，我不舒服了好几天，在自己的压力爆发出来之前就逃回了东京。

希望这其中的很多话父亲都没有听到……怎么可能呢?

我真的很佩服父亲能坚持忍受母亲的恶言恶语。

2016年3月,足不出户的信友家吹进了一阵富有生机的风。有人问我,既然我拍摄了父亲和母亲的视频,可不可以将其放在电视节目上播出。

契机缘于一个奇迹般的巧合。

第九章

这对老夫妇是谁?

2016 年 3 月 2 日。

渡边导演，也就是当时富士电视台的资讯节目《周日先生》的总导演，突然打来电话。

"信友，听说你一直在拍摄患有阿尔茨海默病的母亲，你是从她得病之前开始拍的吧？这可真了不起啊。我虽然看过关于阿尔茨海默病患者的纪录片，但是我还没有看过将因可能患有这个病而感到苦恼的过程全部拍摄下来的纪录片。请一定在我们节目的专题栏目里播放这些视频可以吗？"

"什么？你怎么知道这件事？"

"是新沼（节目助理导演的名字）在策划会上提出来的。"

啊，是这么回事啊。谜题一下子就解开了。

我每年都会在《周日先生》接到几次工作，并且在这个节目里有很多知根知底的工作人员。最后，母亲的阿尔茨海默病专题节目在这一年的九月播出了。但其实，是很多惊人的巧合促成了我收到"想要制作专题节目"这一委托。

最初的巧合，源于一件和母亲的病完全无关的事情。故事稍微有些长，但我感觉这是命中注定般的一连串的奇迹，所以请容许我讲完。

故事要从前一年夏季的一天讲起。我下班回家时，在离家最近的车站站前广场上看到了一群人。我走近一看，发现是我常去的那家健身房在公开表演。当时，我非常熟悉的一位男教练正在演示格斗技巧类课程中的注意要领。

我当时采访完回来，所以带着摄像机。因为有人在用手机对着他们拍，所以我抱着要不要也拍一下的简单想法，就拍摄了视频。课程表演好像只有10分钟左右，但恰好在那个时候，我带着摄像机在我家的那一站下了车，这是第一个巧合。

第二个巧合是在2016年2月，那位教练辞掉了健身房的工作。大家决定在送别会上把纪念册当作礼物送给他，听说这件事的我想到："这么说来，我还拍了他的课程表演的视频呢。"我想将视频中他高高跳起的那一瞬间的帅气画面打印出来，贴在纪念册里。

当时我的摄像机还是磁带式的，所以从视频中选取一帧需要进行"数字化"这项工作。用我自己家里的电脑也可以完成这项工作，但碰巧那时我家的电脑出了问题，我就把录像机的磁带交给了关系比较好且可靠的《周日先生》里一个叫新沼的女助理导演，并把这项工作委托给了她。这是第三个巧合。

她完成这项工作后把磁带还给我的时候，问道："这盘磁带里，第 5 分钟的地方开始出现的那一对老夫妇是谁啊？"

是的，在这盘磁带里，我的父母也出镜了。

课程表演的拍摄大约有 5 分钟，而磁带的容量有 60 分钟。我觉得很浪费，所以后来用磁带里剩余的部分拍摄了父母。里面还拍到了母亲哭着说"我什么都不懂了，怎么办才好"的样子。

那时，我第一次跟她说了母亲的事情。更确切地说，这是我第一次跟外人讲关于母亲病情的事。

"那是我爸妈。我一直用家庭摄像机拍摄，拍了 15 年左右，但其实我妈最近得了病。两年前去医院检查后开始了药物治疗。"

说着说着，我开始好奇为什么至今为止自己没有和任何人提起过这件事呢？我并非想隐瞒，但或许我内心深处把这件事当作是家丑，不足为外人道。

我已经记不清那时新沼的反应是怎样的了，但是她也没有说"既然拍了视频，就把它做成节目吧"。如果她当时建议我把视频做成节目，我想我会拒绝说："不，还要顾及我父母的尊严。我现在不考虑这件事。"然后谈话就会终止。但是，她没有这样做。

取而代之的是，她在《周日先生》的策划会上，提交了一份以我的家人为题材，题为"女儿拍摄的阿尔茨海默病母亲"的计划书。她没有和我打过招呼，也就是向职场中的上司"告密"。

然后，我就接到了节目总导演渡边打来的电话。

直到现在我也会试想，如果那天我没有看到车站前的课程表演呢？如果参加表演的教练没有从健身房辞职呢？我的电脑不好用的时候，帮我完成"数字化"工作的人如果不是新沼呢？如果这个拼图缺少了一片，就绝对不会做成这个节目。要是这样的话，事态也不会向前发展，父亲和母亲也不会以节目为契机接受护理服务，再次回归社会。

在这种情况之下，信友家会变成什么样子呢？我们一家人或许直到现在还在与外界隔绝的封闭世界里煎熬着，光是想象一下就觉得很可怕。这么一想，我真的对所有发生过的事情都充满了感激。

但是在接到电话的时候，说实话，我一点都不感兴趣。因为我万万没想到，节目制作会成为所有事情的突破口。

"节目的专题栏目吗……我家现在的情况也很糟糕，实在没有精力去考虑这件事。"

我虽然这样说，但是作为自由合同制的导演，不管怎样，接到工作邀请是一件好事。对方回复说："总之先见面聊聊吧。"然后我们在富士电视台进行了商谈。

成员包括《周日先生》的总制片人滨润、总导演渡边贵，还有擅自提交计划书的助理导演新沼真希。

滨是一位致力于制作富士电视台资讯节目的制片人，他与把富士电视台作为主战场并担任导演的我已经认识了 20 多年。他是我最放心、最信任的制片人之一。后来，父亲和母亲的故事在《周日先生》作为一个系列节目播放了两年，完整的内容被做成了两个小时的纪录片，在此基础上诞生了电影《我变笨了，请多关照》，和这一切都有关联的制片人就只有滨。如果没有广结善缘的滨，就无法想象事情会发展到如此地步。现在想来，只能说这个制作团队从一开始就是命中注定的搭配。

　　商谈时一见面，新沼就来向我道歉。

　　"很抱歉，我没有跟你打过任何招呼，擅自提交了计划书。但是，一看到视频素材，我就觉得你拍了很精彩的内容。我个人的感想是，与其跟你说'将这个视频制作成节目更好'，倒不如用计划书这个既定事实把上级和大家都拉进来，这样将节目变成现实的可能性就会更高。"

　　是这样啊，她是这样想的啊。

　　虽然有点不甘心，但是新沼的推测是正确的。因为尽管我一直在拍摄父母的生活，但这个时候我丝毫没有想要做节目——不，准确地说，是信友家正处于对此事丝毫无法想象的状况中。

　　因为此时的父母执意继续过只有他们两个人的生活，我作为女儿也束手无策，好像被逼进了死胡同一样，进入了所谓的低谷状态。我所关心的只有身为女儿今后该怎么做才好，完全无法再思考其他的事情。

但是，在商谈时，滨制作人说的话让长期以来担任导演的我内心深受触动。

"我认为在你拍摄的视频中，有我们至今为止都没看过的内容。你还有很多视频能够让我们了解你母亲得病之前是一个怎样的人吧？因为阿尔茨海默病的纪录片差不多都是从患者得了病之后才开始进行采访的，最终往往都变成了讲述病情的内容，并不清楚患者自身的情况。我认为只有先感受患者的本性，观看的人才能够投入感情，把这个病当作是自己身边的事来思考。"

而且，他还说我的母亲很有魅力。滨在我得乳腺癌住院的时候来医院探病，也见到了我的母亲。"我没见过第一次见面就那么坦率的人，你母亲有一种和任何年龄的人都能很快成为朋友的气场，完全没有代沟。我也和她说了很多话，我们还成了好朋友。"

是的。母亲是一个和我的朋友们一见面会很投缘，之后也会结交为朋友的人。我拍摄的视频里，也保留了很多母亲那种受人欢迎的魅力。

在商谈中，我一边听滨制片人他们说的话一边想着。

是啊，迄今为止，我只是从女儿的角度观察过母亲的病。但是站在节目制作者的角度上，我们家看上去是这样的吗？

我也是第一次知道，在大众看来，现在95岁的父亲和患有阿尔茨海默病的母亲在一起生活的状态就是"老老看护"。此外，我虽然在东京生活，但出于担心而经常回老家的状态就叫作"远距离看护"。而考虑着是否要辞去工作，回老家和父母生活的状态即为"看护离职"问题……

我由于深陷困境，所以之前并没有察觉。但从节目制作者的角度来看，信友家的现状不仅有阿尔茨海默病，还集中了现代社会中存在的各种各样的问题。

将父母现在的生活做成节目，真的是一件非常有意义的事情啊，一定要把它做成节目！

至此，或许可以说我内心的"导演魂"初次觉醒。但是，我作为女儿又是怎样的呢？父母尚且健在，我现在就把母亲的病做成节目在全国播放，这是身为女儿可以做的事情吗？

其实我从母亲哭着说"我给你们添麻烦了。对不起。怎么办才好呢"这句话开始，就在思考将来要把这些视频以某种形式发表出去。因为我想让世人知道，阿尔茨海默病患者绝对不是什么都不懂，其实他们本人才是最痛苦的。但是我认为那似乎是在父母过世之后我才会去做的事情。因为父亲和母亲也是有自尊心的。

我自己在45岁得乳腺癌的时候，用摄像机拍摄了和病魔做斗争的全过程，自制了一部纪录片。在播放时，我也苦恼过。不知该不该将因乳腺癌治疗而导致头发脱落，因手术而导致乳房变形的画面如实播放出去。但是最终我还是决定毫无保留地播出全部内容。现在，我也完全没有为这个决定而感到后悔。

但是，那时因为是我自己的事情，所以只要自己做好心理准备就可以了。这次是母亲的病，最应该重视的是母亲的尊严，还有95岁仍拼命保护妻子的父亲的尊严。现在，父母默默生活在吴市一隅。但是，如果在全日本范围内播放他们的生活状态，并宣称"我的母亲得了阿尔茨海默病"，这一定会改变父母今后的人生。我不知道节目会有怎样的反响，但不得不说，也存在着被诈骗团伙盯上，或父母因被别人说些毫无同理心的话而受到伤害的危险性。

而且，随着母亲病情的发展，父亲对外部世界的态度变得越来越固执，他可能会说"把我们的生活放在电视里播出来，简直是不像话"。母亲原本也是自尊心很强的人，所以她也会说绝对不想让别人看到自己变得异常之后的样子吧。

但是反过来，我又会这样想。

在我与乳腺癌做斗争的纪录片中，父亲和母亲都登场过，尤其是母亲还曾到东京来照顾我。她作为主要的登场人物充分地展现了她开朗的性格，还成为一个深受欢迎的人。不仅如此，在那档节目中，原本就对数码相机颇有造诣的母亲第一次接触摄像机，拍下了我和病魔做斗争的样子。她作为一个摄像师也非常出色。

这样一想，父母都不是第一次在电视上出镜，拍摄纪录片时应该也没有什么不好的回忆。

"对于这件事，我完全想象不到我的父亲和母亲会说些什么，所以我先回家和他们商量一下吧。"

于是，我决定踏上这一年的第二次返乡之路。

· 第十章 ·

这是你的工作，
所以无论什么事
我们都会配合

2016 年 3 月 10 日。

为了和父母商量能否将他们的生活做成节目，我回到了老家。他们两个人笑眯眯地来接我，母亲一见到我就说："你回来得正好。晚饭想吃什么？我正好打算现在去买点东西呢。"

妈，还没到中午呢。当我正打算去买东西做点什么时，母亲匆匆忙忙地跟上来说："我想吃乌冬面。"

母亲突然这样说，我便说："那午饭就吃乌冬面吧。虽然有些对不起爸爸，但还是我们两个人去吃吧。"然后我们就一起进了乌冬面店。

现在想来，这是我和母亲最后一次在外面吃饭。

我一边看着津津有味地吃着乌冬面说"好吃"的母亲，一边在想，母亲真的变得像个孩子似的。以前，母亲绝不会主动说自己想吃什么。她总是优先考虑身为女儿的我想吃什么、作为丈夫的我父亲想吃什么，然后做女儿和丈夫喜欢吃的食物，自己也一起吃。所以，我不知道母亲真正喜欢的食物是什么。

"妈，你喜欢乌冬面吗？"

"是啊，我最喜欢吃乌冬面了。"

哦，是这样啊。这么说来，从以前开始，母亲自己一个人的时候就经常做乌冬面吃。我为自己从来都没有在意过这件事而感到羞愧。

我又想到，因为母亲得了病，所以她稍微得到了一些解放，变得像个孩子一样，可以说出之前想说却一直忍着没说的话了。如果是这样的话，我就太开心了。如果母亲再多说一些她想做的事，这次我就来帮她实现。

不知为何，我有一种母亲和女儿的立场对调的不可思议之感，于是我摸了摸母亲的头发。

我把打包带回来的乌冬面热了一下给留在家中的父亲吃，然后父亲像往常一样，饭后为我们冲了咖啡。安顿下来之后，我向父亲和母亲开了口。我感觉非常害怕。

"到现在为止，我拍了很多爸爸和妈妈的视频，有人跟我说想把这些视频放在富士电视台的《周日先生》中播放，你们觉得怎么样呢？"

"是因为你妈妈得了病吗？"

不愧是敏感的父亲。

"嗯，是的。因为我用摄像机拍了妈妈接受诊断的过程以及爸爸是如何接受这件事的过程，富士电视台的人说，他们是第一次看到如此真实地反映阿尔茨海默病的视频，不愧是女儿给父母拍出来的。怎么办好呢，可以把这些视频做成节目吗？"

父亲说了一句话："你想怎么办呢？"

对啊，重要的是我想怎么办？这是一个很像父亲风格的反问。

"被他们这么一说，我也想做这个节目了。我想了很多，可是难得能一直坚持着拍摄你们的生活，如果这些视频能成为我工作上的集大成之作就好了。"

"哦。"

父亲稍作停顿，就立刻得出了结论："我知道了。我没问题。如果你想做，我会配合。"

那一瞬间的情感，我不知道该如何表达。

最重要的是，我感受到了父亲深厚的爱，快要哭了出来。为了让女儿做自己想做的事情，身为父母，他们会尽己所能为女儿做任何事。父亲贯彻着他的生活方式，在这一点上，他真的是很坚定的。父亲也太酷了。

与此同时，我也有些害怕。如果说得酷一点，可以将其称之为"作为制作人，兴奋到发抖"，但我内心的真实想法更加懦弱："完蛋了，这样一来我再也无法拒绝了。"如果此时遭到父亲的反对，我会觉得很遗憾，但另一方面，我可能也会稍微松一口气。因为这样我就可以把没有接受高难度挑战的责任推到父亲身上："因为遭到父亲的拒绝，所以才无法拍摄节目。"但是，既然父亲说会配合我，我就再也不能找借口，退路也被切断了。

"如果节目播出，全国人都会知道妈妈得了病的事情，这也可以吗？"

"我已经老了，就算都知道，我也不觉得难为情。上了年纪之后得病又不是什么稀有的事情。家里也还是老样子，事到如今也没必要装模作样，没什么不好意思的，没事。"

"妈妈觉得呢？"

"嗯？什么？"

母亲好像从中途开始就跟不上父亲和我的对话了。但即便如此，她还是拼命努力地边听边思考着。

"那个，就是我一直以来不是给你们拍了很多的视频嘛，我想把这些视频做成电视节目。"

"要是把视频做成节目，会对你的工作有帮助吗？"

"嗯。因为由我来做，所以这是我的工作。我就是回来征求你们同意的。"

"爸爸觉得可以吗？"

此时，父亲在一旁支持了我。

"我说可以，你也支持一下直子的工作吧。"

"这样啊。你爸爸可以的话，我也可以。"

"真的吗？妈，还有你之前说'我变笨了'的片段，如果把这些全部播出去的话，你不会觉得难为情吗？"

"不会难为情。但是直子，你不会把我们拍得不好吧？"

母亲的话戳中了我的心。

"交给直子做的话，就不会把我们拍得不好。"

母亲毫无保留地信任着我。是的，母亲从以前开始就是这样。

我想起了在2009年制作的那个乳腺癌的纪录片中，母亲回答我一个导演朋友提出的问题时所说的话。那时正是录制节目的时候，我不在场的情况下，那个导演朋友替我询问了母亲是怎样看待我的。

朋友问："虽然她是独生女，但从18岁开始，您就送她去东京自由生活。您不担心吗？"当时已经80岁的母亲笑着回答："直子很重要啊，因为她是独生女嘛。但不论是去东京的时候，还是她要从事电视工作的时候，我担心归担心，但是我相信她。父母还是要相信自己的孩子吧。"

母亲是这样回答的。当朋友第一次把这段视频给我看的时候，我对母亲无条件的信赖重新产生了一种严肃的认识。

仔细一想，从我小时候开始，母亲和父亲就一直非常信任我。

只要我说想做些什么事，父母从不会反对。我高中时期沉迷于摇滚乐队，用很大的音量播放唱片，经常去看现场表演。就算是这样，他们也什么都没说过。

我也曾想过，如果我误入歧途，他们打算怎么做呢？但这正是父母做得好的地方。我得到了父母纯粹的信赖，想着自己不能辜负这份信赖，不能让父母伤心，就渐渐地在不知不觉中学会了自我约束。

我到东京之后，父母的态度也未曾改变。就算我忙得几天不联系他们，就算我几年不回家，父母也没有表现出特别担心的样子（虽然他们可能真的很担心），没有对我加以任何束缚。这和所谓的放任主义还不同，我感觉他们总是相信我、在远方关注着我的这种安心感和紧张感一直支撑着我。

仔细想想，或许正因为在人生的任何一个时期，我都感受到了他们对我的信任，才一直尽自己的努力创造一种不让父母丢脸的生活方式。

而且，现在得了病的母亲对我寄予了完全的信赖，她说"直子不会把我们拍得不好"，至于以何种形式宣布母亲患上了阿尔茨海默病这件事就交由我来决定。父亲作为一家之主总结道："就这么定了。这是直子的工作，任何事情我们都会配合。是吧，直子妈妈。"

"是啊，你就做一档好节目吧。我也很期待呢。"

谢谢，爸妈。我绝对不会辜负你们对我的信任的。我不会让母亲因为节目播出而感到难为情。我要做一档能够如实展现母亲原本爽朗的性格以及母亲得了病之后产生的困惑与不安、能够引起许多人共鸣的好节目。

这一次，我作为制作人，兴奋到发抖。

那天晚上，我一边看着和睦地将被褥并排铺好后睡着的父母，一边回想着我在制作乳腺癌纪录片时父母的反应。

那时，正值节目播出之际。我最苦恼的事情，就是是否要在电视上将自己的胸部播放出来。因为我得的是乳腺癌，所以我的胸部多次出现在视频素材中。我在癌症摘除手术之前哭着拍下胸部纪念照时的样子，我战战兢兢地观察手术后的胸部变成何种形状时的样子……任何一段都是纪录片中必不可少的镜头，但是直到最后，我都在犹豫是否要在这些镜头中给我的乳头加上模糊特效。

作为一个女性，我当然不想让自己的胸部出现在公共媒体上。但如果加模糊特效的话，无论如何都会削弱作品的紧张感。所以站在制作者的立场上，我知道不加模糊特效会更好。怎么办呢？一直犹豫到节目快播出之前，最终我选择了不加模糊特效直接播出。

理由是："如果加入模糊特效，我就无法给至今接受过我采访的人一个交代。"这种想法是最强烈的。

　　在此之前，我面对面采访过很多人。每位被采访对象都和我聊了他们之前对任何人都未曾说过的心里话，和我一起探索他们本人都没有察觉到的深层心理。从某种意义上来说，他们和我分享了精神上的"裸体"。所以，轮到我成为被拍摄对象时，我总不能说"不可以把我的胸部播出来"，这也太懦弱了吧。

　　换言之，我不由得产生了一种深层次的思考方式——如果有人因为我的采访而下定了某种决心，那我也要对自己施加同样的决心，这不就算是对那些人的些许赎罪吗？

　　这样一来，我强行让自己接受了此事，下决心将胸部暴露出来。但实际上，我唯独无法将这件事告诉我的父母。因为我在想，如果得知自己唯一一个尚未出嫁的女儿在电视上露出了自己的胸部，他们作为父母会怎么想呢？不会感觉非常羞耻吗？

　　这部纪录片《胸部与东京塔——我的乳腺癌日记》在富士电视台的《纪实》栏目中播出了，关东地区的地方台也播放过。我得过且过地想反正不会在广岛播放，可以隐瞒这档节目的存在，就一直没有告诉父母。

　　可是——，不知该说事与愿违，还是该说庆幸，这档节目受到广泛好评，得到了多项国内外奖项。两年后，在吴市市政府的主办下，节目放映会和我的演讲会一起举行。父亲和母亲为女儿登上华丽的舞台感到欢欣鼓舞，说："我们要去看！"我无法阻止，便陷入了在吴市的剧场里和父母并排观看的窘境。

放映期间，每当我的胸部出现在大屏幕上时，我都会缩起身体，害怕地不敢侧身去观察坐在旁边的父母是带着怎样的表情观看的。他们没有受到打击吗？没有生气吗？没有因为感到丢脸而哭泣吗？净是一些不好的猜想，吓得我直冒冷汗。

但是放映结束后。

父母竟然满面笑容。父亲说："真是一部好作品啊。从你的表情也可以看出你的人生观变了，活得更轻松了。得癌症也未必都是坏事啊。"

母亲说："我想起了你因为乳腺癌而痛苦的那段时期。但是，没有过不去的黑夜，我也得到了很多勇气。"

他们是这样说的。

他们都对我的胸部出镜的事只字不提，只是热火朝天地表达着自己对作品纯粹的感想。而且，到剧场来的其他观众跟父母打招呼时，他们也都满脸自豪地与人交谈着，转眼间就和他们各自的朋友喝茶去了。

怎么回事，父亲和母亲完全不觉得难为情吗？

独自留在剧场里的我茫然若失，这就是所谓的"杞人忧天"

吧？我不禁笑了出来。与此同时，我也惊讶于父母和我一样拥有"制作人之魂"。

就算我不说，父母也知道在这部作品中，他们的女儿需要将自己的一切都暴露出来。不仅如此，他们并没有以父母的视角来看待我，而是作为一个鉴赏家，对我的作品做出了确切的评判——虽然父亲退休前一直在一家小公司担任会计，母亲一直都是家庭主妇，但是他们都喜欢看书，喜欢书法和绘画，都有着文学的一面，而且他们了解生存之苦。通过这件事我知道了，父母比别人更理解我的工作。

我亲身感受到了父母与我有着同样的价值观。

在和父母约定好配合《周日先生》制作节目的晚上，我想起了那天他们观看完乳腺癌纪录片之后的满脸笑容。

对我来说，父母都是身为制作人的志同道合之人。是啊，这次就当作是和志同道合的父母共同制作一部作品好了。

我再次下定了决心。

把母亲患病的事公之于众绝不是不孝的行为，也不是将家丑外扬。只要是我带着热情和信念发表的作品，就一定会得到父母的好评。我产生了这样的信心。

话虽这样说，但母亲的病情不断发展，我可以继续拍摄下去吗？我是个不孝的女儿吗？我又为了这些问题而感到沮丧。

第十一章

这是给胸用的

2016 年 3 月，东京。富士电视台的资讯节目《周日先生》正式决定以至今我所拍摄的父母的视频为基础，制作名为《女儿拍摄的母亲的阿尔茨海默病》的专题节目。

回看至今拍过的视频，我才发现，为了让观众了解相依为命的父母过着怎样的日常生活，这些视频是完全不够的。仔细想想，这也是理所当然的。因为我回老家的话，家务就由我来做，那时我拍到的并非是父母二人平时的生活状态。平时只有他们两个人的时候又是怎样的呢？家务是谁在做呢？其实在那之前，我对此也并不是很清楚。

我第一次决定不站在女儿的视角，而从导演的视角来观察家里的情况。我先试着在几天之内，作为女儿尽可能不伸手帮忙，只拍了视频。让我惊讶的是，父亲代替母亲开始做起了各种家务。

我接下来要将这些事写下来，首先要写的就是"如果我不洗衣服，父母会发生什么事情"的观察记录。

因为妈妈偷懒不洗衣服，所以我一回到家，洗衣机里就总是会攒一堆衣服。我经常在母亲睡着的时候偷偷洗衣服。因为如果我在母亲醒着的时候洗，母亲立刻就会发现，并阻止我："我来洗，你放在那不要管。"我家的洗衣机是那种老式的双桶洗衣机，洗衣服时母亲自己有一套详细的流程，她认为我洗衣服的方式浪费水。

　　一开始，我对母亲的话信以为真，便做出了让步："是吗，这样的话那妈妈你来洗吧。"可是母亲只是嘴上说"我来洗，我来洗"，却一直不动手洗。但是，如果我一再催促的话，母亲就会不开心地说道："我也很忙，让我先歇一会儿。"虽然我想说："忙什么啊？你一直都在歇着啊。"但我还是只能耐心地等待，忙着忙着就快到我回东京的日子了，已经不能再等下去了，于是我启动了洗衣机。母亲愈发不高兴地说道："我都说了不用你洗！你那样一直放水的话，很浪费水的。"这种消耗战发生过好多次，我最近也从别人那里得到了建议，趁着母亲早上睡觉的时候悄悄地把衣服洗完。

　　但是，这次我决定不插手帮忙。到底会怎样呢？

　　我好奇会看到什么可怕的东西，感觉内心扑通扑通地跳着。

　　回到家后，和往常一样，我不在的这两个星期里，要洗的衣服都被藏在了洗衣机里。我一打开洗衣机盖，就闻到很大一股味道。

当我说"已经攒了一堆了"的时候，母亲随便找了一个借口："因为天气一直都不好。"不，天气一直都很好啊，妈。

父亲开玩笑说："是这样啊，我还以为是洗衣机生锈了呢。"母亲突然不高兴起来。

她一个人分饰捧哏和逗哏的角色，说道："你直接就说出了那种话。你认为我已经死了吧。我就只知道偷懒，虽然我确实是在偷懒。"

从不久之前开始，母亲就像说口头禅一样说着"死了吧"这种话。一旦发生什么不顺心的事情，或者感觉别人在指责自己时，她就会立刻说"死了吧"。曾经那个开朗、体谅他人的母亲绝对不会说出这种话。刚开始听到这句话的时候，我吓了一跳。所有的事情都变得很悲伤，但是不论什么事情，人们都会很快地适应，所以我也开始把这句话当作日常会话的一部分而接受了它。

其实，此时母亲刚说完"死了吧"，下一秒就立刻说道："你这里挂着一个线头。"然后她就帮我把衣服上的线头摘掉了。在母亲的脑海中，同时住着母亲为女儿整理仪表时的表情和因自己在这个家里毫无用处而想要完全消失的绝望，两者浑然一体。

从最终结果来看，这一天到最后，母亲也没有洗衣服的打算。

在我的催促下，母亲不情愿地将脏衣服从洗衣机里拿出来，然后散乱地放在地板上。脏衣服就像变戏法一样，一件接着一件地被拿了出来。

"哇，好臭啊。"

或许是脏衣服的臭味和庞大的数量让母亲失去了干劲。

"我也累了，这可真变成一张床了。"

母亲说着说着，竟然在走廊里堆积如山的脏衣服上顺势就躺下了，而且躺在那里一动不动。

"什么？妈，你要在这睡吗？"

我的脑子一片混乱。与其说眼前的景象让我感到混乱，倒不如说，看到这种景象后内心涌出的两种截然相反的情感更加让我感到混乱。

那是我第一次体会到作为女儿的自己和作为导演的自己在情感上产生的冲突。作为女儿，我实在不好意思让别人看到母亲这种令人心痛的邋遢形象。但是站在导演的立场来说，这却是一段很真实的视频。这种真实且具有冲击性的视频可是不容易拍到的！

各种各样的想法在我的脑海中转来转去。母亲明明都已经窘态百出了，为什么我还不伸手帮忙，却在拍摄视频呢？我真是一个冷酷无情的女儿啊。连我自己都认为这样很过分，外人肯定也会认为我很过分吧。如果把这段视频放在节目里，或许会引起热议……

我虽这样想，但作为导演的我还是默念了一句："好呀！纪录片之神来啦！"（这是我的口头禅。）然后捕捉着眼前与众不同的景象，一直忘我地拍摄着。哎呀，应该说我罪孽深重吧，作为女儿我真的感到惭愧至极。

　　于是几分钟之后，视频已经拍够了，就在我想把摄像机放在一旁去帮忙的时候，这次是父亲因为想去厕所而路过了走廊。

　　哇，接下来会发生什么呢？我再次兴奋起来，重新架起了摄像机。

　　父亲会被母亲奇怪的睡姿吓到吗？会生气地说母亲不像话吗？还是会斥责将摄像机对准母亲这种姿态的我呢？

　　但是……父亲并没有表现出什么特别的反应，而是一边说着"小便，小便"，一边轻松地从躺着的母亲身上跨了过去，直接走向了厕所。

　　我情不自禁地笑了出来。是啊，这就是现在信友家的真实写照啊。母亲躺在走廊里，父亲从躺着的母亲身上跨过去。对这两个曾经一板一眼的人来说，这是无法想象的景象。但是，对于现在上了年纪、精神松懈的父母来说，这些只是他们彼此都不怎么在意的一般日常罢了。

　　"还没有洗衣服吗？算了，慢慢洗吧。我去买中午要吃的盒饭。"

一边这样和母亲说着话，一边快步走进厕所的父亲像吉祥物一样可爱。这明明是一个很严重的事态，但是我却感觉很好笑。

这样一边拍摄一边观察父母的样子，我的精神状态也发生了变化。一言以蔽之，我不知为何变得开心起来了。

之前我对母亲的异常表现只是抱有"可怜""悲伤""担心"等负面情绪，但现在开始我"觉得有趣"了。为什么会觉得有趣了呢？我想那是因为我开始用稍微拉开一定距离的视角来看待父母了。

架起摄像机，我自然而然地就有了"拉"的视角。就是说，作为女儿用"推"的方式来观察的时候，我只能感觉到"可怜"。但实际上，我后来意外地发现还挺好笑的。在"变笨的老太太和耳背的老大爷稍微扯开话题、答非所问的对话"中，也包含了恰到好处的装聋扮傻之意。我渐渐地开始觉得父母"两个人很温暖，各自的角色很有趣，很可爱"。

而且，我想起了喜剧之王卓别林的那句名言。

"用特写镜头看生活，人生就是一场悲剧，但用长镜头来看则是一场喜剧。"

即使在相同的情况下，如果从自己似乎被卷入其中的近处进行观察，会感到痛苦。但站在远处从容地去观察的话，就可以捧腹大笑，感受温暖……是的，我亲身体会到了这句名言的含义。

116

对于现在正在照看家人的人，我也推荐采用这种"拉开观察"的方法。我不会"请大家拿着摄像机去观察"，但带着这种自己手持摄像机一般的心情。一扫因护理而导致的阴郁心情，仅从客观的角度来观察，我们看待问题的方式应该也会有很大的改变。

或许，只做一次深呼吸也是有用的。我认为仅这样做也可以除去肩负的压力，心情会变轻松。这样一来，冷静下来之后，如果意识到"啊，自己太过于依赖对方，在用悲观的方法看待问题"，就可以考虑"稍微改变一下自己的视角，从其他角度来试着观察一下吧"。为了不让身为看护人的自己被压力击垮，我认为这项工作是非常有效的。

在照看患病的母亲时，不知不觉就会变成近视眼，情绪容易转向消极的一面。因为毕竟是至亲，他们曾经英姿飒爽时的面庞依旧清晰，所以才会觉得他们可怜。

"以前明明做得那么好，为什么……"

"同样的话说了好几遍……"

"为什么会说出那种粗鲁的话……"

每件事都变得悲伤起来。心里明明知道对方是因为生病无可奈何，但还是会情绪化地大喊大叫，之后又陷入自我厌弃之中，觉得"要是没说那种话就好了"。我原本就是胆小懦弱的性格，不论自己多么烦躁，都不会对母亲大声喊叫。但是，这种情绪在我的内心堆积成了压力，甚至还有精神崩溃的时候。

但是，自从决定录制节目，站在导演的角度开始拍摄父母之后，不论母亲对我说什么、做什么，我都不会像之前那样一下子就消沉下去。那是因为，身为女儿想要回避的画面，对于身为导演的我来说却是很精彩的镜头。我心想："太好了，能拍到这样的镜头！"并在心中准备好做出庆祝胜利的姿势。这真的是我没有预料到的效果。女儿过于追求金钱或许是很可耻的，但是观察并拍摄父母的生活成了我的工作，很显然，他们拯救了我。

对父母进行客观的观察后，最让我感到震惊的是，90多岁的父亲对所有家务都具备巨大的潜能。作为女儿，至今为止我只关注母亲病情的发展，结果除了母亲之外我什么都没观察到。我对此事进行了反省，也开始留意观察父亲。父亲在和母亲的日常生活中，展现出了远超乎我想象的活跃状态。

我在前面也曾提到，父亲在母亲被确诊为阿尔茨海默病之前，是完全不做家务的。在母亲还健康的时候，家务全部由母亲承担，父亲除了冲泡自己感兴趣的咖啡之外，连油瓶子倒了都不会扶一下。但是，仔细观察后，我发现父亲开始替母亲做各种各样的家务，我甚至惊讶地感叹道："什么？你还做这个吗？"

父亲最先开始做的是洗衣服。

母亲一直不洗衣服，父亲那些洗好的内衣也见了底。洗澡后习惯换上干净内衣的父亲，最初是从自己的衣服开始洗起的。往盆里加满水，倒入洗衣液，然后使用原始的手洗方式。父亲还戴上了自己看不惯的塑胶手套。我问他，他就说："我是败给了洗衣液，因为手开始变得粗糙，所以我才买的。我还买了护手霜来涂。"

竟然还在意手是否粗糙，父亲，你也太有女人味了。

父亲一开始的时候还对母亲说："我把我的衣服洗了。你也把你自己的脏衣服洗了吧。"但是不久之后，父亲又说："真拿你没办法。干脆把你的那份也一起洗了吧。"然后就把母亲的内衣也洗了。

不仅仅是洗衣服，连晾干后叠衣服也成了父亲的工作。看到父亲一边说"这是给胸用的""这个是内裤"，一边叠着母亲的文胸的样子，我忍不住在一旁偷笑。我拍摄着为母亲叠内衣的父亲，母亲在一旁拼命解释道："你爸爸是第一次做这种事。以前一次也没有叠过。"但是不管怎么看，父亲的手势都不像是第一次叠，这是已经叠熟练的人才会使用的叠法吧。一想到"老伴儿帮我叠文胸的样子被女儿看见了。真丢人啊。怎么办（实际上，母亲并没有这样说，但是她肯定是这样想的）"，母亲就惊慌失措的样子很好笑。我在父亲认真地替母亲叠文胸和内裤的样子中看到了他对母亲深厚的爱，我非常喜欢这样的父亲。

因为父亲说要去买吃的东西，所以我决定开机跟着父亲一起去。目的地在上坡的地方，是一个离家 500 米左右的超市。因为我家在吴市的市中心，所以有很多家更近一些的超市，但固执的父亲却特意走到离家远的超市。他说："那家的收银员最亲切，我喜欢那家超市。"

到了店里，父亲感觉到了自己家一样，推了一辆超市的购物车，不停地往篮子里装食物。好快，太快了。令我惊讶的是，虽然这是一家大超市，但是什么东西放在何处，父亲都了如指掌。牛奶、酸奶、香蕉、苹果、萝卜……啊，父亲拿的都是很沉的东西，没问题吗？

父亲在活鱼摊问摊主小哥："这是哪里的青花鱼啊？"

摊主回答说："这是挪威产的。"

父亲带着一副很有经验的表情说道："哈哈，挪威的青花鱼很好吃的。"然后将鱼装进了购物筐里。那略微装腔作势的样子和母亲一模一样，我不禁笑了出来。

爸，挪威的青花鱼好吃吗？我怎么不知道。

买完东西回家的路上是很辛苦的。父亲不考虑后果，买的很多体积大的重物，装了两大袋的东西。

"爸，因为今天我要拍视频，所以不能帮你拿，你拿得回去吗？"

"嗯，这点东西小菜一碟。我经常都会买这么多东西回家。"

虽然父亲说的话彰显了男子气概，但我也尝试着拿了一下，感觉沉甸甸的。父亲双手拎着袋子，吃力地走着。走了不一会儿，父亲就在别人家的椅子上坐了下来，说："哎呀，太累了。休息一下吧。"就这样，父亲在到家之前休息了好多次。但是稍作休息的父亲鼓励自己说："不站起来就到不了家。加油啊！"然后父亲再次站起来向前走。我一边拍着视频，一边作为女儿忍受着良心上的谴责："现在不是拍视频的时候吧，我得帮父亲拎东西"。

特别是在马上就要到家的时候，父亲站在马路正中央。他把东西放在地上低着头不动的时候，我真的不知道如何是好。将近有10秒钟的时间，父亲一动不动。我在远处隔着摄像机的液晶屏看着，感觉越来越不安："咦，怎么了？不好。"摄像机咔嗒咔嗒地摇晃着。每次看到那段咔嗒咔嗒摇晃的视频，我都会回想起那一瞬间"想放下摄像机去帮忙"时自己内心的波动。

但是接下来的一瞬间，父亲抬起头，又朝前走去了。

松了一口气的同时，我内心祈祷着邻居们千万不要看见我们。因为如果被人看见我们这个样子，一定会有人散布闲言闲语说"信友家的女儿在干什么啊？让她爸爸拎那么多东西，自己还在远处拿着摄像机拍"之类的，并认为我是个奇怪的女儿。

事态已经如此严峻了吗？我震惊了。父亲说他"经常都会买这么多东西回家"。也就是说，我不在家的时候，父亲每次都是这样气喘吁吁地拎着重物吗？

正是因为拍摄视频这一目的，才让我体验了我不在家时父母的日常生活，再次亲眼看见了 90 多岁的父亲每天照顾母亲这种"老老看护"日常的真实性。

作为女儿，了解父母的真实生活是一件很痛苦的事情，但是很庆幸我可以了解。作为对父亲的补偿，我决定送他一辆可以将购物袋直接放在里面推着走的老年购物车（手推车）。一开始，父亲拒绝说："我不需要那种老年人用的东西，太丑了。"（不用说，我当然是在心里吐槽说："不，你已经够老了。"）但是父亲用过之后好像很满意，现在不只是买东西，去任何地方都会带着老年购物车出门。

此外，父亲还开始做了很多令人惊讶的事情。

那天，父亲自己把买回来的青花鱼烤了，再配上萝卜泥，好好地款待了母亲。母亲好像对父亲进厨房这件事还是很抵触，在父亲的身后转来转去，一直在彰显自己的存在感，但是将注意力放在眼前的烤青花鱼上的父亲似乎没有注意到母亲。无可奈何的母亲摆出一副好似在监督父亲的姿势，很不情愿地表扬了父亲的手艺："看上去烤得很好吃啊。"

早餐是面包，父亲烤了两人份的吐司，热了牛奶，准备了水果，并仔细地将母亲喜欢的苹果削了皮。我第一次看到父亲拿菜刀的样子。一开始的时候，我看到父亲切菜的手势很危险，光是观察他是否会受伤就令我提心吊胆。削完苹果后，到处都是苹果皮，但是父亲在坚持努力的过程中，菜刀也用得越来越顺手了。

人即使到了90多岁的时候，也能进化成这样啊。我甚至被隐藏在父亲体内强大的生活能力所感动。而且，父亲自己也说："我做的话，也是可以做到的啊。"

父亲自己也为90多岁还有如此强的家务能力而感到惊讶，甚至还感觉到一些喜悦和兴奋。这也是很可爱的地方。

有一天，我发现父亲拿出了母亲的针线盒缝补衣服，我都不敢相信自己的眼睛。父亲在给母亲的被子换被头。一丝不苟的母亲以前会在被子贴脸的地方缝上一块毛巾料，每隔一周换一次，但是父亲说："因为你妈妈最近不换了，所以我来替她换。要是弄脏了，你妈妈也不舒服。"

"咦——爸，你怎么还会针线活呢？在哪里学的啊？"

我惊讶地问道。

"我去当兵的时候，日常生活中的琐事我基本都会。做饭、缝补、洗衣服，什么都要做。如果磨磨蹭蹭的话会挨长官打，所以我就拼命努力学会了。直到现在我也会做。"

啊，这样啊。父亲有一段我不了解的艰苦的青春时期啊……

父亲或许还有很多连我这个女儿也不了解的面孔。

父亲充分发挥他巨大潜力并让我感到惊讶的，是垃圾分类。不知从何时开始，早上扔垃圾也由父亲来负责了。母亲性格严谨，所以处理垃圾的方法完美得出神入化，但父亲扔垃圾也完全不输给母亲，收拾得干干净净。

可燃垃圾和不可燃垃圾的分类自不必说，就连将塑料瓶清洗干净后撕下商标循环再利用，将牛奶包装盒洗干净后剪开留到纸盒垃圾回收日，将食品用的一次性泡沫盒洗干净后放进超市回收箱，对报纸做废品回收处理等方面，父亲也做得很好。

我瞠目结舌。坦白说，父亲的环保意识远超于我。

但是，为什么父亲对垃圾分类的方法了解得如此细致呢？

我感到非常不可思议。但是不久后我发现，或许在母亲身体健康的时候，只不过是被盖上"专职主妇之印"的母亲没有要求父亲做任何事，但父亲也仔细地观察了母亲是如何扔垃圾的。父亲原本就是好奇心重的人，所以可能也会想："哦，塑料瓶是这样扔的啊。我也想试试看。"

能够自己掌控扔垃圾这件事，父亲好像还有些开心。作为父母血脉相承的女儿，我觉得自己也理解父亲"感觉垃圾分类就像游戏一样快乐"的心情。

2019 年，在我回家期间，父亲一直密切关注着我的动向。

稍有点垃圾，父亲就会告诉我"这个是塑料的，把它扔到这里""这个需要好好清洗干净，然后放到后院"。我心想："就算不告诉我，我也知道。"但现如今，父亲已经成了我们家的家庭主夫，所以我就会尊重父亲，顺着他说："好的，好的。"

但是我越想越觉得父亲真的一直在仔细观察母亲做家务的样子，并且很尊重母亲。那是因为，就算母亲得了病，信友家的生活状态基本上也没有任何改变。对于我这个女儿来说，现在的家依然充满了孩童时期所拥有的令人怀念的气氛。

为什么没有变化呢？

我认为其中一个很大的原因就是，母亲虽然得了病，但她作为主妇，一如既往地想要守护这个家庭。父亲则一直仔细观察着母亲守护家庭的样子，并照搬原样地将其继承下来。

衣物的晾晒方法、折叠方法、收纳场所，橱柜里餐具的位置，厨房中烹饪工具和调味料的摆放……从父亲承担起家务之后，连家里细小的地方也几乎没有发生过变化。父亲尊重母亲一直以来的努力，也尊重母亲的存在。

虽然夸赞父母会有些难为情，但我确实对父亲刮目相看。

之前从未做过家务的老人，在老伴儿身体变差之后，毫无怨言地按照老伴儿之前做的样子替老伴儿做所有事。明明自己也已经是 90 多岁的年纪了！这真的很厉害。会有这种即使妻子陷入困境也能拼尽全力做到如此地步的 90 多岁的丈夫吗？

母亲身体健康的时候，总是会口无遮拦地说父亲"呆板""无趣"之类的话。但我认为，其实母亲不是已经抓住了一个非常好的男人吗？不是已经中了大奖吗？到了人生最后一个阶段，而且在自己智力开始衰退的这个时候才知道自己"中奖了"，或许有些晚了。但不管怎样，我认为可以和这样的父亲一起度过晚年的母亲真的是非常幸运的。

而且，我也是。

我是个典型的"亲近妈妈"的孩子，在母亲患病之前，我只和母亲聊天，几乎看不到父亲的存在。父亲向来沉默寡言，是一个在家只会看书的人。父亲在我心中的存在感很弱（50 年都是这样的状态，真的很对不起父亲），我甚至没有思考过自己是"喜欢父亲，还是讨厌父亲"这个问题。

但自从母亲得了病，关于重要的事情，我只能和父亲商量。和父亲聊完后，我意外地发现父亲作为一家之主有很强的保护家人的意识。作为高龄老人还要照顾生病的妻子，父亲却很少叫苦。虽然有些迟，但我还是意识到父亲是一个多么充满男子气概的好男人啊。

50 年来，我一直把这样的好男人当作空气来对待，所以如果有人说我"没有看男人的眼光"，这也是无可辩解的。我自我反省着。

这样说来，《周日先生》首次播出父亲和母亲的视频时，有几个朋友对我说："真想和你父亲这样的人结婚啊，他是我选丈夫的理想型。"当时我还完全不解其意地笑着说："什么？"但现如今，我懂了，或许她们是说父亲这样的人是真正的"好男人"。

虽然我用了50多年的时间才发现父亲的长处，但我真的感到很庆幸。

如果母亲没有得病而父亲先过世的话，恐怕我也不会发现父亲的长处，或许这是阿尔茨海默病带给我的礼物。这样一想，家人患病也未必完全是坏事啊，还是会有新发现。现在我也会这样想。

第十二章

我不知道摄像师什么的，
但我不认识的人
不可以进这个家门

富士电视台《周日先生》的专题节目决定在 2016 年的夏季播放，制作人和节目编导开始商议如何编排节目。

《周日先生》不是纪实节目而是资讯节目，所以在播放追踪我父母生活的视频的同时，也加入了对观众有用的各种资讯。和工作人员商量后，我们决定在这次的专题节目中，为那些自己或家人患上阿尔茨海默病后不知所措而感到担心的人介绍几个有效的信息。

具体来说，首先我们决定去地区综合支援中心，一个呼吁"如果怀疑家人得了阿尔茨海默病，就到这里咨询吧"的一站式咨询窗口进行采访。

所谓"地区综合支援中心"，就是指位于全国各市区村镇的、类似于咨询所有关于阿尔茨海默病事项的窗口一样的地方。只要到了这里，为患者检查的医院在当地的何处、护理级别认定的申请方法、获得护理级别认定后可以接受怎样的护理服务等关于阿尔茨海默病的相关信息都会有人来告诉你。是一个非常方便且友善的行政机关（有时也会委托民间机构）。

当然，在我家附近也有吴市的这类机构。我知道它们的存在，也时常想去咨询。但是因为父母坚决拒绝接受护理服务，所以至今为止我都没有违背父母的意愿去咨询过。因此，这次的采访对我个人来说，也算"正合我意"，是一次非常难得的采访。如果说我是为了节目采访才去的话，父亲不就不能反对了嘛。我在心里这样预测。

我想这样安排节目的流程。

首先，以视频的形式介绍一下我至今拍摄的父母的日常生活。然后，我再去老家附近的地区综合支援中心咨询，请那里的工作人员观看父母的视频，并从专业的护理视角给出建议。

请工作人员具体指出，老夫妇的独居生活是多么令人担心。再请他们介绍吴市可以提供哪些方面的援助。

然后再说明一下，虽然我家因为父母的反对还没有接受这项援助，但是此外还有一项公共护理服务，可以派遣帮忙做家务的护工，同时设立了为患者提供洗澡和吃饭、娱乐服务的日托服务中心……因此，我还打算对日托服务中心和实际上请护工帮忙的家庭进行采访。

而且我的计划是，通过让父母观看这个节目，或许可以让他们将其当作某种信息来接受。如果这个节目能成为一个契机，让父亲重新审视现在和母亲闭门不出的生活就好了……我抱着些许的期待。

是的，在这个时候，我从未想过父母会说他们要接受曾经那么排斥的护理服务。奇迹的发生不是在一瞬间，而是一点一点累积的。首先我要聊聊关于起初的破冰、奇迹的预兆。

为了制作节目，我身为女儿，有两件事情必须事先请示父母。其一是我要去附近的地区综合支援中心，将父母的视频放给工作人员观看。另外一件事情，是电视台摄像师要到吴市来。

因为我是作为咨询者兼节目记者去地区综合支援中心的，所以无法像之前一样自己完成拍摄，需要其他的摄像师来拍摄我和工作人员的对话。我从东京请来了我在工作中经常合作的摄像师河合辉久。我对河合也是知根知底，所以和他一起工作很轻松。他待人和善，是一个很容易受采访对象欢迎的好青年。但是，当我跟父亲说我要请摄像师来吴市时，父亲突然切换到警戒模式："摄像师要来？还要来我们家？"

"爸，在市政府附近有一个可以咨询任何关于阿尔茨海默病事宜的咨询处。我决定去那边咨询一下妈妈的情况，到时摄像师会为我拍摄视频。"

"你为什么要去市里咨询这些事呢？要是市里让我们做这做那的话，我们可做不到。"

"爸，你们什么都不需要做。我只是为了节目采访才去的，因为这是我的工作。"

"这样啊，如果这是你的工作，那也没办法。那你就去吧。"

父亲，对不起啊，我好像是在暗算父亲一样。

但是，下一秒父亲说出的话，让我印象深刻得始终难以忘记。

"我不知道摄像师什么的，但我不认识的人不可以进这个家门。只有你的摄像机才可以拍我们。"

好的，我知道了。父亲，好可怕。

河合摄像师从东京赶来，提前一步返回老家的我对父母说："我去接一下他。"然后我就去机场大巴的车站接他了。我对河合说："我父亲很固执，他说不许让陌生人进门，所以让你进家门可能有些难。但是你难得来吴市，先来打个招呼吧。"

说完，我战战兢兢地把他带到了家里，令人吃惊的是——

"太好啦，快请进。"

光是母亲笑盈盈地出门迎接就让我感到惊讶了，而且她竟然还涂了口红！母亲有多少年没涂过口红了呀。

"多谢您一直关照直子。我们家很小，快请进。请进，请进。"

母亲突然恢复了从前的社交性格。我感动得想哭，但还是故意开玩笑说道："怎么了，妈，你还涂了口红啊。"

"因为你说你工作单位的人从东京过来了。人家在工作中关照过你，妈妈也必须打扮得体一些。"

母亲拼命地记住了我刚才出门时说"去接同事"的这句话，然后化了妆来迎接我们。啊，虽然只是来打个招呼，但幸好我带他来了。如果我听从父亲"不可以进这个家门"的嘱托而不带同事来的话，母亲难得精心打扮一番的心意就得不到回报了。

河合摄像师得到母亲"太好了,快请进"的邀请,进入了我家。他对于信友家来说，是一位时隔多年的访客。正在客厅看报纸的父亲由于听力差，好像没有听到我们在门口进行的这段对话。当他看到突然出现在眼前的年轻男子，用发了狂的声音喊道："你要干什么?!"

"他是从东京过来的摄像师河合。我只想带他在门口打个招呼，但妈说请他进来，所以就带他进来了。"

"这样啊，欢迎。"

父亲慌张地重振身为一家之主的威严，虽然父亲很有气势地对我说"我不认识的人不可以进这个家门"，但当访客本人站在面前时，父亲没有说"你走"，而是下意识地说了句"欢迎"。我心里既觉得对不起父亲，又觉得很好笑。

"妈妈涂了口红，是你给她涂的吗？"

"什么？口红？不是，我不知道。"

看到母亲为了久违的访客精心打扮、兴高采烈的样子，父亲也深有感触吧。

"那我冲些咖啡吧。你喜欢喝咖啡吗？"

"嗯，非常喜欢。听信友说您冲的咖啡很好喝，很期待您的咖啡。"

不愧是令人好感度颇高的河合啊，他让自称咖啡爱好者的父亲的自尊心得到了慰藉。

时隔多年，父亲再次为客人冲泡了咖啡。而母亲也时隔多年涂上了口红，和年轻男子聊得热火朝天。她喜悦的样子让身为女儿的我感到既开心又难为情，不知道该将目光投向何处。

河合很擅长捕捉女性的心理。

"您的生日是什么时候啊？"

"我是 1 月 5 日。1929 年 1 月 5 日。"

"1929 年。哇，看不出来啊。您看上去很年轻。"

"说什么呢，我都已经是 80 多岁的老太太了……"

听到河合的恭维，母亲露出了满面笑容，宛如花朵瞬间绽放一般。

"我小时候，过生日的人会站在教室前面接受大家的祝福。但我 1 月 5 日过生日的时候是寒假，所以都没有在学校庆祝过。那时候我很沮丧。"

我都没有听母亲说过这种事。母亲如此清晰地保留着童年时的记忆啊。

透过涂抹口红后稍显年轻的母亲那腼腆的笑容，我仿佛看到了母亲少女时期的模样，感到非常温暖。父亲听力差，所以几乎没有参与过对话。但他一边望着看上去很开心的母亲，一边深有感触地说道："太好了。好久没看到你妈妈笑得这么开心了。对了，我都没注意到，她什么时候涂了口红……"然后，河合向父亲道谢说："谢谢您的咖啡，非常好喝。"

父亲兴奋地大声说："真的吗？谢谢。"父亲可能非常开心吧。尽管河合也在听着，父亲还是哼起了他拿手的小曲儿。

不知为何，这几年家里停滞的空气仿佛也忽然开始流动了起来。

是的，现在回想起来，多年来未曾有过的第三者来访成了信友家的分岔口。从这一天开始，信友家再次向社会敞开了大门。

第十三章

只要让我们见一面，
我无论如何都会进去

2016 年 4 月 14 日。

我和来到吴市的河合摄像师一起去了老家附近的"吴市中央地区综合支援中心"咨询。和所长一同前来迎接我们的，还有一位具备护理支援专员和护士资质、名叫高桥的资深女职员。后来面对固执的父亲，她大显身手。我向他们二位描述了我家的情况，并给他们观看了我拍摄的视频。

"您父亲很努力啊。"

果然，看到父亲用盆洗衣服的样子和买完东西摇摇晃晃地提着重物的镜头，他们这样说道。

"我也想尊重您父亲想要努力的想法，但给我留下的印象是，他们是一对不论何时发生任何事都不会让人感到不可思议的夫妇。现在还算勉勉强强，二老可以相互扶持着生活，但我担心一旦失去平衡，情况就会急转直下。"

所长站在男性的立场上，说了下面这样一番话。

"有很多男性将护理作为工作而为之努力。您父亲已经 95 岁了吧。年纪也大了，如果他因为使命感而过于努力的话就会令人担心了。"

啊，或许，父亲确实属于这种类型。在公司上班的时候，他也是一个踏实认真、不懈努力的工作狂。

但让我感到意外的是，我只考虑请护工到家里来为父母的生活提供支持，而高桥告诉我，与此相比把母亲带出来才是更紧要的课题。

"因为您父亲会出来买东西，所以您母亲不是就不外出了吗？"

"是啊。母亲整天都在家。父亲听力差，她也没有什么聊天的对象，所以母亲一个人坐在厨房里发呆。母亲也会有心情好的时候，但每天不安的情绪多次涌上心头后，母亲就哭着说：'我变笨了，怎么办好呢？给你们添麻烦了，对不起。'"

"这是最大的问题。没有来自外界的新刺激，宅在家里生活。这样的话，一方面她本人会心情郁闷；另一方面，阿尔茨海默病也会恶化。"

"阿尔茨海默病恶化……"

"如果女儿回老家的话，女儿可以成为她的聊天对象，这样就还好。我认为您母亲平时可能会感觉更加孤独。我想您母亲似乎可以意识到自己的病，所以会苦恼于自己为何变成这样。但就算苦恼也找不到解决的办法，因为大脑正在萎缩，越想脑子就越混乱。一方面她会愈发不安，另一方面这样毫无益处。"

然后她明确地指出："现在您母亲需要外出转换心情。"

我感觉脑袋好像被狠狠地打了一下。她让我意识到自己的想象力是多么的匮乏。是的，我看到的母亲，只是我在家时的母亲。我不在家时，母亲恐怕更加孤独。

我想起了最近和父亲不经意间的交谈。父亲一边斜眼，看着开心地吃我带回来的东京糕点特产并说"真好吃啊"的母亲，一边无奈地苦笑着说："直子你回来的时候，你妈妈心情是真的好。我们两个人一起的时候，她只会瞪着眼睛发脾气。"

"什么？'瞪着眼睛'，母亲在为什么事情生气呢？"

"我也不知道。因为我听不见，所以她更生气了吧。"

此时的母亲插进来说："什么？我什么时候对你发脾气了？我没有发脾气吧？我是个温柔的老婆。"我和父亲都笑了出来，对话就到此结束了。但父亲那时对我说的话可能是真的吧。我不在家时，母亲的形象可能是这样的吧。父亲好不容易给了我提示，我却没能好好地把握住。母亲"瞪着眼睛发脾气"，或许是因为她对自己的异常行为感到不安，在向父亲倾诉，也或许是因为感觉自己不争气而爆发了。但是耳背的父亲听不清楚，母亲对此感到更加生气、更加孤独……

但话虽如此，我也不忍心让上了年纪的父亲认真听母亲说话。因为母亲说的，一定是一些让人听了会令心情不愉快的内容吧。

妈，爸，对不起。

为了让母亲转换心情，高桥强烈推荐我们接受日托服务。所谓日托服务就是指接受护理级别认定的人集中到一起，以当日接送的形式在护理机构享受的看护服务。在护理机构里，患者们接受健康检查，在工作人员的帮助下洗澡，然后大家一起吃午饭。

"日托服务中心在半天的时间里，安排了各种各样的节目。工作人员会发出很多指令，如洗澡吧、接下来折纸吧、做做这个游戏吧等。做完这些事情，就没有时间去思考'我是不是很奇怪'这类多余的事情了。"

而且，据说最有益的是，这里还有大家一起做体操、唱歌等各种各样的文娱活动。患者可以建立新的社交关系，身体和大脑接受各种各样的刺激，这样阿尔茨海默病的病情就不易恶化。

"就是要过上与人交流、具有适当刺激的生活。为了防止病情发展，这是非常必要的。"

对于日托服务——这项我完全没有考虑过的提议，我还有些想不明白。

"我母亲接到指令后，不会感觉头脑混乱或者乏累吗？"

"我们不会给出让她头脑混乱的指令，所以没关系的。因为工作人员也一起参与游戏，会让气氛高涨起来。说到会不会乏累，我认为会累。突然被其他人围着，是会感到精神疲惫，回到家之后可能也会筋疲力尽。但正因为这样，即使他们回家，也不会思考多余的事情，而是酣然入睡。好好睡一觉，消除疲劳，体力恢复之后再到日托服务中心愉悦地享受疲惫。我认为在这种循环中生活，思考方式就不会变得内向，还可以定期接受刺激，病就很难发展下去了。"

　　我还了解到工作人员会开车接送母亲，所以他们在早晚接送的时候，可以顺便确认家里的父亲是否安好。听完她的话，我觉得对我们家来说，日托服务是有益无害的。如果单凭我个人意见就可以决定的话，我甚至想立刻就委托他们。

　　要想使用护理保险享受这项服务，仅持有护理保险证是不够的。首先需要得到母亲的"护理级别认定"，就是必须判断出"母亲现在处于怎样的状态，需要怎样的护理，程度如何"。为此，我们需要办理各种各样的手续。我们一家人要向吴市提交"护理级别认定"申请，母亲本人及我们一家人都要接受市里的走访调查，要请主治医生写意见书。高桥问我："我想到您家里和您父亲聊聊，可以吗？"我胆怯地说道："我想我父亲会反对……"但高桥非常热心。

"这也没关系。就算他说'我家不需要这种服务'，我也可以说'我知道了。但是我很担心你们，所以我会再来的'。只要可以建立联系就好。让您父亲记住我的脸，然后我再多次去询问他'后来怎么样了'，说不定哪天他就会产生'那就拜托你试试吧'的想法。"

　　而且，她还对不安的我说了一句让我心里有底的话："请交给我吧。这也是我们很担心的事情，所以只要让我们见一面。我无论如何都会进去。"其实我后来哭了。临走的时候所长对我说："请不要那么纠结于'自己必须做些什么'。虽然您离得那么远，但您现在也已经尽到做女儿的义务了。接下来只要把我们介绍给您的家人就够了。"

　　"真的吗？我有好好尽到做女儿的义务吗？"

　　我不禁泪湿眼眶。其实在此之前，我一直在意邻居们会怎么想。他们会不会想，"信友的女儿把那么辛苦的父母二人留在家里，自己却在东京，她在想什么？"所以，我意外地听到这些令人感动的话，不知不觉就……

　　因为难为情，所以我没有将那段视频给任何人看。

　　那一天，回到家后，我战战兢兢地告诉父亲："今天我去的那家咨询处的人因为担心我们家的情况，所以问我可不可以到家里来一趟。"

"是吗？你怎么回答的呢？"

"因为他说担心，那我也不能说不用了，所以我说要回来问问我父亲。"

父亲不愉快地说道："真是的，事情变成这样真麻烦。"

"是有些麻烦，但他们是会设身处地为我们考虑的好人。我之前也有很多不了解的东西，这次学到了很多，总有一天你也要了解这些，所以我认为趁着这次机会，就算只是听听她怎么说也好啊。"

一阵尴尬的沉默。但是，父亲后来说的话让我感到震惊。

"河合，你怎么想？"

什么，问河合的意见吗？这说不定可行。

这段时期，河合摄像师和我父亲已经成了好朋友，此时他也在餐桌旁一起喝着父亲冲泡的咖啡。父亲向河合征求意见，我心想："哦，这说不定可行？"

河合，拜托做一次完美的助攻！

"这个嘛，我也见到咨询处的人了。她是一个资历深、看上去靠得住的人。今后，如果在将来某一天要委托一个人的话，我觉得今天的高桥挺好的。"

"哦，是嘛。"

父亲思考了一会儿，最后说道："那我拒绝的话就太不像个成年人该有的样子了。只是听她说说，拒绝她也可以吧。"

"那当然了。爸你想怎么样都行。"

河合，谢谢你做了一次完美的助攻。我们默契地互相使了个眼色。

很好，任务完成！这样一来，就暂且可以先和地区综合支援中心联系上了。之后就交给高桥吧。

想来，父亲在见到河合之前也曾拒绝道："我不会见什么东京的摄像师的。别让他进我们家的门。"但聊着聊着父亲就接受了他，自然而然地成了好朋友，如今甚至还很信赖他。这样的话，聊来聊去之后，父亲或许也可以接纳并信任地区综合支援中心的高桥。

在见到东京的摄像师和地区综合支援中心的工作人员之前，父亲只是听到他们的头衔，就摆出一副"这人是谁"的架势。但是见了面之后，因为他们都是普通人，只要父亲知道他们是好人，就一定可以敞开心扉和他们好好相处。不知不觉地，我开始产生了希望。

就在第二天，高桥来登门拜访。可能前几天河合摄像师的到访，让父亲和母亲对于"不速之客"产生了免疫力。虽然有些紧张，但他们很好地发挥了社交能力，营造出热烈欢迎的氛围并说道："来，来，请进。"从父亲的计划来看，他原本的打算似乎是："就算为了保住女儿的颜面，也要让她来一次。但是不论她提什么建议，我都会礼貌地拒绝，然后让她回去。"但是，对方略胜一筹。高桥吹捧父亲说："您真的很努力呀。明明已经95岁了，您真厉害。"激发起父亲的自尊心之后，高桥突然说了一些令人感到不安的话："但是，谁都不知道将来会发生什么事。比如，您如果摔倒起不来的话要怎么办呢？"这就是棒球比赛中所谓的摇撼战术吧。

"我想要是有什么事情的话，找我女儿就行了。"

"那要花半天的时间。"

"什么？"

"就算是找您女儿，她在东京，回来要花上半天时间。这期间要怎么办呢？如果在吴市没有一个可以依靠的人，这半天的时间里，您女儿也会忐忑不安。"

她还清晰易懂地解释说，为了应对这种紧急的情况，最好让母亲接受护理级别认定，请护理支援专员陪同。而且，她还果断地说出了我想对父亲说却没有说出口的话。

"如果你们发生了什么事情，您女儿也不在可以立刻赶回来的地方，所以她会很担心。为了不让您女儿担心，我们会协助你们，所以让我们在吴市一起努力下去吧。"

父亲好像接受了她的话，沉默了一会儿后说道："还真是，因为女儿和我们分开住，所以我想她也会担心我们。老伴儿得了病之后，我们也让女儿回来了很多次。我想她花了不少路费，很对不住女儿。"

什么，父亲还考虑过那些事吗？完全不存在对不住我之类的事啊。第一次听到父亲说泄气话，我内心受到了触动。

"如果我能听见就好了。但因为我听不清楚，所以我可能也无法为老伴儿做所有的事。"

看着父亲的脊背逐渐缩小成一团，我感觉自己的信念也开始动摇了。我认为这是迄今为止的一个千载难逢的机会，希望父亲能了解护理服务的必要性并接受它。因为自从母亲被确诊为阿尔茨海默病，我一直希望他们能接受护理服务。

但是，父亲那看上去突然缩成一团的身影吓了我一跳。

我难道不是在践踏父亲的尊严吗？父亲带着身为一家之主的威严和责任感，一直努力用自己的双手来保护生病的妻子，我难道不是在剥夺父亲那珍贵的尊严吗？

父亲接受护理服务，就意味着承认自己的能力有限。也就是要他举白旗说"只靠我自己应付不来，所以请帮帮我"。我为了寻求安心而请求市政府介入这件事，不会伤害到父亲的自尊心吗？但是，我已经将所有的事情都委托给了地区综合支援中心的人。

"只要让我们见面，接下来我无论如何都会进去，请放心。"

听到中心的工作人员这样说，我打从心底松了一口气，这确实是我真实的想法。

父亲年纪越来越大，所以他无法一个人照顾母亲的那一天迟早会到来。而这一天就是现在。所以现在父亲正在感受的无力感和屈辱感，是他迟早要体会的。我设法劝说自己。母亲在我的旁边坐立不安地说道："真的是抱歉啊。大家为了我考虑了很多。我给大家添麻烦了。怎么办才好呢……"这番话也扰乱了我的内心，我变得更加难过了。

高桥之前说过："就算这次被拒绝，只要能和您父亲建立联系，我就不会放弃试着说服他。"但最终，在这次的初次拜访中，父亲就决定要为母亲申请护理级别认定了。这是父亲在仔细听完高桥的话之后，自己决定的。

最具决定性作用的，是关于在护理级别认定获准前的时间间隔的说明。

虽然父亲挣扎了一下说："我老伴儿的护理级别认定等到需要的时候我会申请，还来得及。"但是高桥说："那个，就算您打算接受护理级别认定，从申请到认定获得批准需要花一个月的时间呢。那段期间怎么办呢？"这是对父亲展开的乘胜追击。

"这样啊，要花一个月的时间。要是这样的话，那还是先申请一下比较好啊。"

这实际上是一个"只讲了一半事实"的隐藏技巧。其实母亲需要护理服务的时候，如果现场被判定为护理级别认定获批的状态，以"视同"的身份马上就可以开始接受护理服务，认定可以放到之后再进行。高桥帮我保守了这个秘密。这并非说谎，不愧是身经百战磨炼出来的技巧啊。

就这样，多亏了高桥专业、耐心的（父亲听力差，高桥把同样的话重复了一遍又一遍，甚至让我都感到有些抱歉）解释，父亲完全接纳并决定申请"护理级别认定"，尽管之前不论我怎样劝说他都坚持拒绝。

信友家终于申请到期待已久的护理级别认定了，但我的心情是很复杂的。虽然父亲装作一副若无其事的样子，但很明显他是非常失落的。

"我年纪也大了。"

父亲说道。

"我原本想不用谁来照顾，我一个人活着，一个人死去。但上了年纪就是会给别人添麻烦，这已经是没办法的事了。"

"爸……"

我找不到可以安慰父亲的话。相反，因为母亲的表达方式独特而过激，所以我反倒更容易调侃她。

"我还是死了比较好。活着还会给别人添麻烦。"

"你不要那么想。因为那是他们的工作，如果像妈妈这样的人都死了的话，那些人也会为失去工作而困扰。"

"是这样吗？你是说我这样能帮到那些人吗？要是这样的话，那就好。"

"是的。只要你活着，就是在帮忙。因为这样我可以和你在一起，会很开心，你不是也在帮我的忙吗？"

"是啊，要是这样的话就太好了。谢谢你。"

母亲虽然说还是死了好，但最后却露出了笑脸。因此母亲开始接受护理服务，或许也不会有什么问题。

我很担心总是无精打采的父亲，于是就去找多年来担任父母主治医生的佐佐木医生咨询。我小的时候，佐佐木医生就在附近开了一家诊所，我的父母几十年来一直承蒙他的关照。他对我父母的生活状况了如指掌，我也经常向他咨询母亲的阿尔茨海默病。但是因为他自己年纪也大了，所以前些年诊所也遗憾地关门停业了。我在电话里说明了情况之后，医生说："那还真让人担心啊，我去看一看吧。"

说完，医生就特意到我家来了一次。

看到久违的佐佐木医生，父亲和母亲都非常开心。医生只是说了句"你们看起来很精神啊"，出门迎接的父亲就挺起腰杆，飞快地走出去。父亲带着满面笑容说道："还可以吧,请进,请进。"然后就兴冲冲地端上了刚泡好的咖啡。每当医生开玩笑时,母亲都会像大户人家的太太一样温婉端庄地用手捂着嘴笑着。他们这是在掩饰什么呢?我感到很奇怪。

佐佐木医生委婉地向父母介绍了接受护理服务的重要性。

"听说你不怎么出门啊。一直待在家里,说话的机会也变少了吧?还是多说话比较好。因为这有助于大脑血液循环,促进大脑活动。这样做的话,就不会反应迟钝哦。偶尔出去见见各种各样的人吧。这样就可以过上开心的生活,反应就不会那么慢了。"

母亲意味深长地听着医生的话,说:"啊,是这样啊。好的,好的。"但是,她突然看着父亲说:"喂,你别老糊涂了,老伴儿。"

听到这句话,父亲和医生都不由得苦笑着。这句"你别老糊涂了"是广岛方言,就是"你的反应不要变得迟钝"的意思。我在纪录片中也使用了这个场景。我非常喜欢母亲笑着说"你别老糊涂了"的时候。虽然夹杂着笑容,但非常诚恳。那种比起自己更关心父亲的、快要哭出来的笑容……

母亲此刻的心情是怎样的呢?想到这些,我泪湿眼眶。

"你还是那么热衷于学习啊。是在看四种报纸吗?那可真是太厉害了。"得到佐佐木医生夸赞的父亲仿佛找回了自信一般,突然开始查找关于使用护理保险可以享受的服务。父亲顺手抓过地区综合支援中心的高桥留下的宣传册和我那本用于制作节目的关于护理保险的书，开始看了起来。

因为是父亲自己接受并决定的，所以已经不能再回头了，只能向前迈进。我觉得父亲这种态度真的很了不起。父亲虽然上了年纪，但很少提起过去的事情。我觉得他总是在思考当下的事情和今后的事情。我甚至还偷偷地给父亲贴上了"志在未来的老年人"这一标签。

父亲看报纸这件事的确属实，他认为"即便是同一条新闻，不同报纸的解读方式也是不一样的。必须不偏不倚，用广阔的视角来观察事物"，于是订购了《读卖新闻》《朝日新闻》《中国新闻》这三种报纸。

每天，父亲会把几种报纸都浏览一遍，在感兴趣的报道上画上红线。有不懂的单词就用字典来查，在笔记本上写下摘要，把报道裁下来做成剪报……老家的客厅里，堆放了好几本父亲做的剪报集。但我总感觉是不能去碰的，从小的时候开始我就一次都没有看过。我认为对于父亲来说这是一座财富之山，那里面新加入了一本收集护理服务相关报道的剪报集。2016 年夏天，信友家享受了公共的护理服务，开启了母亲真正的护理生活。

第十四章

请和专业人士共同
分担看护的重任

2016 年 6 月中旬，吴市发来了告知父母的护理级别的通知。或许有人会对"父母的"这几个字提出疑问："什么？"没错，不是母亲的。实际上，这次父亲也申请了护理级别认定。在地区综合支援中心高桥的建议下，不仅是患有阿尔茨海默病的母亲，95 岁驼背的父亲也试着申请了护理级别认定。

　　"我不需要。"

　　父亲坚持认为自己受他人照顾不是什么好事，他非常抗拒。但高桥对父亲说："如果您获得最低等级的需要支援 1 的话，就可以和您太太一起去日托服务中心了。我认为您太太也会觉得和你在一起更安心。"心系妻子的父亲觉得"那倒也是这么回事"，最后就做出让步提交了申请。

　　因此，吴市市政府寄来了两封收件人分别为父亲和母亲的信。

　　厚生劳动省规定的护理等级总共分为 7 个级别，从最低的级别开始依次为需要支援 1、需要支援 2、需要护理 1、需要护理 2、需要护理 3、需要护理 4、需要护理 5。

父亲先打开了母亲的通知书。

父亲告诉母亲："你是需要护理 1。"需要护理 1 就是由低到高的第三个等级。护理对象所处状态是，生活中的琐事基本上可以靠自己完成，但因为运动能力和认知能力都在下降，所以部分生活需要护理。得到国家需要护理 1 的认定，就可以使用护理保险，开始享受每周两三次的日托服务和护工派遣服务。

"这个是什么啊？怎么回事？"

母亲诧异地端详着这份寄给自己的通知。

"哎，你不懂也没关系。我都了解了，要是有不懂的地方，我随时都可以告诉你。"

"妈，你有一个这么可靠的丈夫可真好啊。"

"是啊，不错吧。你爸爸很可靠。"

哎哟喂，这是在津津乐道地炫耀自己的丈夫吗？夫妻关系可真好啊。

然后，父亲的护理等级是……

"我是非护理对象。"

父亲兴奋得声音发颤。这个结果就是"不属于需要护理的状态"之意，也就是说，父亲得到了官方认定："您完全没有享受护理的必要。"

"我都说了我没有任何毛病。只不过是年纪大了而已。"

我发自内心地称赞道："就是啊。爸，你可真厉害啊。你可能是日本最健康的95岁老人。"

父亲得意地说："我就知道我选不上。果然不出我所料。"父亲看上去是那么的开心！这个"不符合"的判定似乎给予了父亲很大的自信，父亲从这一天开始的一段时间里一直哼着歌，心情很好。

在母亲"需要护理1"的判定结果出来之前，我也有提心吊胆的时候。为了了解母亲的生活状态，吴市护理保险科的工作人员进行了走访调查。面对调查员的提问，母亲得意地回答着"这个我也可以""那个我也可以"。

"做饭吗？是的，当然，我每天连丈夫的那份也会一起做。"

"洗衣服吗？对的，我当然是每天都洗。"

什么？你那是在撒谎啊，妈！（这是我的心声。但是母亲很可怜，所以我无法说出口……）

于是，父亲用一句话说出了真相："我们吃的饭都是我去买的副食和盒饭。"母亲紧张地瞪着父亲说："你在说什么啊。你没买过盒饭什么的吧，让外人听到多不好。不是一直都是我为你的身体着想才做饭的吗？"母亲强烈地回击后，父亲也只能苦笑，不再反驳。可不应该在这个时候展现对妻子的温柔体贴啊。调查员老老实实地听着母亲说的话，一边应和着"啊，是吗，是吗"，一边不停地填写着调查表。

我对这意想不到的发展感到焦虑。好不容易争取到父亲的同意才决定申请的，如果母亲没有被认定为需要护理的状态的话，那就惨了……妈，你为什么非要呈现出那么好的气色呢？以后麻烦的可是你自己啊。

"我知道了。那就到这里吧。非常感谢。"

调查员要回去了。所以我焦急地问道："什么，这就要回去了吗？"但调查员不愧是调查员，他对我和父亲说："请送我到门口吧。"于是就把我和父亲带到了外面，在室外仔细地向我们家属询问了"真实的情况"。

据调查员说，母亲的这种态度好像是阿尔茨海默病患者常有的。他说："因为大部分患者本人都会竭尽全力向我们展示好的一面，所以我们经常会之后到其他房间向家属询问情况。您家的话，因为您父亲听力不好，我担心说话声音太大您母亲会听到我们的谈话内容，所以我就在室外进行询问了。"

原来如此，是这么回事啊。能在不伤害母亲本人自尊心的情况下进行调查，我很感谢他的这份心意。

但是，我认为母亲并不是打从心底里坚信"从来没有买过盒饭，一直都是自己在做饭"吧。她只不过是难为情，所以不想让别人知道而已。在我回老家恰好碰到买盒饭回家的母亲时，我识破了母亲的这份自尊心。

因为父亲的想法是，母亲能做的事尽量让母亲做，从而尽可能延缓阿尔茨海默病的发展。所以当他断定母亲一个人可以回来后，就经常让母亲出去办事。这一天我回到家时，父亲也是让母亲到附近的便利店买盒饭，自己在家里等着。

我和父亲一起走到外面，发现了沿着河边走回来的母亲。母亲手里拎的是便利店的盒饭，但是旁人是不知道的。因为母亲总是从家里带着深蓝色的布袋，把盒饭装在布袋里面。如果装在便利店半透明的袋子里，就会被邻居们发现自己买了盒饭，所以母亲想了这个办法。我天真地问道："妈，你买了什么？"母亲没有发出声音，像假唱对口型一样地说："盒……饭。"我对那种回答方式感到震惊，我清楚地记得自己当时反省道："我问得太大声了，对不起。"那时，我是第一次看到母亲手中的东西，发现她将盒饭藏在了深蓝色的袋子里。

啊，虽然母亲反应变慢了，但还是这样牢牢地保留着家庭主妇的矜持。母亲从年轻的时候开始就擅长做菜，任何菜都是从头至尾亲手制作。母亲对自己的厨艺也充满自信，一有客人来，母亲就会招待他们吃饭："来，尝尝吧。"或者将自己做的菜分享给邻居们。这样的母亲承认了自己已经不会做饭的事实，在附近的便利店买盒饭……在收银台付钱的时候，母亲是以怎样的表情面对店员的呢？作为女儿，每当想起这一天发生的事，想象着母亲的心情，我就会感到非常难过。

我们把话题拉回到护理保险的走访调查上来。在母亲不在场的情况下，从父亲对调查员说的话中，我第一次听到一些事情。关于母亲的纸尿裤的事情。

大约从半年之前开始，母亲偶尔会尿失禁，所以我买来了纸尿裤给母亲穿。我在家的时候，母亲总是规规矩矩地穿着纸尿裤，这一点让我很放心。但实际上，只有她和父亲两个人在家的时候，母亲似乎不愿意穿。父亲说，虽然他说让母亲穿上，自尊心很强的母亲却说："我怎么可能会尿裤子。我不穿那种东西。"于是就穿着棉布内裤。但这样一来，来不及上厕所就会弄脏走廊。据说每次发现走廊有积水，都是父亲去擦的。

"老伴儿一副毫不知情的表情，我也没办法，只好帮她擦了。老伴儿的内裤也要换下来洗一洗，真是一项大工程啊。"

爸，你还在做这些事情啊……父亲是若无其事地笑着对调查员说的，所以我感到更加惊讶。在询问的时候，我装出一副不动声色的表情，调查员离开后，我立刻向父亲追问。

"我回来的时候，母亲总是规规矩矩地穿着纸尿裤。这是为什么呢？"

"那是因为你妈妈也不想让你看到她难为情的一面吧。我跟她说'直子要回来了，为了不给直子添麻烦，还是把纸尿裤穿上吧'，只有那个时候她才会听我的。"

那一瞬间，各种各样的情感袭来，充斥了我的内心。母亲其实不想穿纸尿裤的自尊心，更不想因为尿失禁而给女儿添麻烦的慈爱之心，仰仗着父亲的宠爱就算尿裤子也没关系的信任感，父亲为了回应这份信任而为母亲擦地板、洗内裤的爱意……母亲和父亲这种无论对方好坏都全盘接受的爱情纽带，强烈而深刻，是身为女儿的我无法与之抗衡的。随着此后母亲病情的发展，他们两个人的纽带也在以肉眼可见的形式不断紧密。

得到了母亲的"需要护理1"认定后，我们制作了几项看护计划（护理服务的日程表），以明确安排怎样的护理服务。

首先，必须确定好负责照顾母亲和信友家的护理支援专员。所谓护理支援专员，就是会考虑这个家庭需要怎样的护理服务、是否可行、帮忙确定具体人选和设施的协调者。如果说护理支援专员的人脉左右着护理服务的优劣，一点也不夸张。

地区综合支援中心的高桥为我们介绍了小山，一位年轻貌美的护理支援专员。（后来才得知，她是三个孩子的母亲，且大女儿已经是中学生了，我大吃一惊！）

"我认为小山和您父母很投缘。因为她是一个会像亲生女儿一样与人聊天的人，所以和您父母也比较聊得来吧。"

小山被高桥带来后打招呼说："爸爸妈妈，请多关照。"

父母都笑眯眯的，看上去很开心。那种眼神就像父母看着努力的女儿一样。这就叫投缘吧。高桥的选择似乎是正确的。小山建议说："首先，试着从每周去一次日托中心、每周请一次护工开始吧。"至于护工，她推荐了一位正在为她父母提供服务的资深护工。我认为，这比任何推荐都更加值得信赖。因为任何人都想为自己的父母找一个好的护工。在这一点上，就算是从事护理工作的人应该也是一样的。护理专业人士为自己父母挑选的护工也会来到我们家！更加令人期待了。

日托服务的地点定在了"自悠馆"，一个由旧民居改装而成的小巧建筑。我去参观时就感到很满意。因为这里人少、气氛和谐，设施使用者们的笑容非常美好，亲手制作的午饭和点心看上去很好吃。最重要的是房间的构造和母亲的老家相似，所以母亲应该可以安顿下来。

这样一来，准备工作就大功告成了。接下来就是与母亲的会面能否顺利进行。

2016年6月末。即将为母亲提供护理服务的相关人员全都来到了家中，并召开了一次护理计划会议。其中包括地区综合支援中心的高桥、护理支援专员小山、护工道本、日托中心的负责人三宅，还有父亲、母亲和我共七个人。信友家多少年没有聚集过这么多人了啊？除父亲之外的六个人都是女性，父亲有些受不了这吵吵嚷嚷的热闹气氛，缩成了一团。

比起听力差的父亲，原本就属于社交型性格的母亲掌握了主导权。她作为"信友家的代表"把控着全场，甚至让人摸不清到底是谁需要护理。母亲对那些和她大声攀谈的人开玩笑说："我听力很好。听不见的是那位。"然后指了指父亲，引起了大家的笑声。

就这样过了不到一个小时，我们轻而易举地就将"母亲每周六去日托中心"和"护工每周三来帮母亲做家务"这两件事情定了下来。因为母亲自己一下就答应了。

直到最后，母亲都在发挥着她善于交际的一面："欢迎随时再来。"然后在门口挥手目送四位客人……

大家离开后，情况就变得很糟糕了。我和父亲聊了几句。

"哎呀，终于站在起跑线上了。正式的护理生活就要开始了。"

"是从明天早上开始吧。我还要早起刮胡子呢。"

"是啊。明天护工就会来了。"

母亲打断了我们的对话，带着一副深谙其道的表情问道："明天有什么事？文件准备好了吗？"我抑制住了想要反问"文件？什么文件？"的想法，说："从明天开始，护工就会到家里来，说是会帮忙打扫浴室什么的。"

于是，母亲突然不愉快地说道："算了吧，不用他们帮我做这些事！"

然后，关于去日托中心的事，母亲还满脸怒气地说道："那样做的话，就是说要我从这个家里搬出去。我在这个家里就那么碍事吗？"

虽然父亲安抚道："哎呀，去了或许能找到合得来的人，说不定还会出乎意料地感到开心呢。"但母亲却说："我不想去！如果你们不想让我留在家里，就说不想，明明白白地告诉我就行！"

感觉父亲的话就像火上浇油一样。

不，我也理解母亲的心情。因为母亲一直为自己成了家人的累赘而感到苦闷，所以当被建议到外面住时，就很容易疑神疑鬼："这是要把我扫地出门吗？"这么一想，母亲倒也很可怜……但是，身为家人至今为止做了这么多准备，我无论如何都会想，你不要现在才说啊，刚刚那些社交辞令又算什么呢？

我不禁感情用事地反驳道："那样的话，你刚才拒绝就好了。因为你在来访的人面前笑嘻嘻地说'我去'，所以才决定去的啊。合约也签了吧？现在说'其实我不想去'也不行了。"

但是母亲却问道："来访？谁来了？"

喂，喂，要从头说起吗？母亲竟然连有人来访这件事都不记得了。明明还不到 10 分钟。我还以为她会像孩子一样坐在地上哭哭啼啼，结果她却闹情绪，突然躺了下来说："要是我那么碍事的话，我就去死吧……"

母亲又开始像往常一样磨人。父亲听不见，所以他装作毫不知情的样子，给自己的衬裤换着松紧带。啊，我受不了了！

我太天真了，还以为护理服务可以顺利开启……这么一来，从明天开始才更令人担心啊……

第二天早上。这一天是护工道本第一次来的日子。

母亲一大早就开始忙着打扫屋子。一会儿拿出抹布擦着显眼的地方，一会儿又开始用扫帚清扫门口。这完全是在临阵磨枪，我也只能苦笑，但是母亲的想法正如她常说的那样："如果有人来，就必须要把家里收拾一下。"——母亲正在将这句话付诸实践。

"不对，不对，就是因为你做不了这些事了，所以才请护工来啊。"

这句话已经成为我耳熟能详的心声了。但和母亲面对面时，我还是无法说出口。奇怪的是，道本一到我家，母亲就像个主妇一样谦虚地说道："欢迎欢迎。我都还没好好地打扫一下。"（实际上，我和父亲仔细地打扫过了。）道本俨然做出了护工应有的反应，说道："是吗？那我来帮帮忙吧？"那倒也是，护工就是为了这个才来的。听到这个回答，母亲瞬间僵住了，露出一副"棋差一着"的表情，我不由自主地笑了出来。

"信友妈妈，从今天开始请多多关照。我先干些什么呢？今天天气很好，先洗衣服吧。"

母亲拦在了朝洗衣机走去的道本的面前。

"你是从哪里来的？保健站吗？"

母亲好像在盘问她一样。但是道本已经习以为常了。

"不是保健站。我现在在一位说自己上了年纪、做家务有些辛苦的人家里帮忙。听您女儿说您膝盖疼，所以我就想来帮您做点什么。"

道本一边这样说着，一边动手将脏衣服从洗衣机里取出来。因为只是互相对峙的话，两个小时的规定时间转眼间就会过去。

想要自己掌控一切的母亲说："不，我来洗。我有我自己的洗法。"哇，这简直是一场激烈的攻防战啊……母亲是一个对家务有着很强的地盘意识的人，我担心母亲会在洗衣服这件事上，因为谁掌握主导权而争得火花四溅。但是，洗衣机盖被掀开后，我才发现自己是在杞人忧天。

"请教教我您洗衣服的方法吧。我在家里洗的时候也想借鉴一下。"

或许道本在前几天的护理计划会议上，就看穿了母亲自尊心强的性格。突然谦逊地表现出对母亲"服从"的姿态，巧妙地讨好了母亲，激发了她的干劲。真不愧是资深护工！

我之前也有提过，母亲洗衣服有一套非常复杂的流程。因为我记不住，所以母亲会生气地说："你用太多水了！很浪费。"但是道本认真地听着母亲洗衣服的方法，完全将自己当作一个助手来辅助母亲，当天就学会了"母亲特有的洗衣方法"。

母亲也为可以传授自己研究出来的洗衣方法而感到高兴（因为女儿永远都记不住）。母亲总是很快就厌倦了，不停地喊"累"，最后半途而废。但这一天母亲却干劲十足地坚持到了最后。

只是说母亲干劲十足或许还不太准确。我认为母亲自己的洗衣方法得到认可并被请教的那份喜悦占了一半，而另外一半是因为突然出现了一位能干的助手。所以母亲出于想证明自己还能干、不想将这项工作交给助手的焦虑，才鼓足干劲的。的确，听到道本夸赞说"原来如此，按照您的方法做可以节省很多水呢。我学到了啊"的时候，母亲看上去很开心。而且道本碰巧是母亲小学时的学妹，所以每当有什么事情时，道本都会礼貌地问："前辈，这个怎么办呢？"母亲也都洋洋得意地给出了指示。

但我想母亲也知道，不论再怎么尊称自己为"前辈、前辈"，这位助手还是可以比自己多做好几倍的工作。母亲在心里或许渐渐地产生了放弃和凄凉的想法："还是把家里的事情交给这个助手比较好吧，比起让已经做不来的我一直出洋相、为难别人，家

165

人也会更愿意让她来做吧。"道本按照母亲的指示，把浴室的瓷砖擦得锃亮。母亲一边因为她的家务能力而看得入迷，一边诚实地给予了认可，并赞叹道："果然年轻人打扫完之后就变干净了啊。我就不会擦得那么干净。"我一边看着母亲略显凄凉的侧脸，一边劝说自己。虽然很可怜，但为了母亲，还是需要让她完成这项"接纳的任务"。人都会变老，和年轻人相比，自己当然是什么都做不来。我不在家的时候，不可能把家务全推给父亲一个人。所以总有一天，还是要像这样得到母亲的认可，将家务交给护工这种从事专业护理工作的外人……

道本在规定的两个小时内，以惊人的巧妙手法，麻利地做完了家务。在母亲面前，直到最后她都是站在助手的立场上。她说："下周我还会来的。下次我想跟您学习做饭。"母亲听到后，自然地回答道："好啊。下次再来啊。我把所有的都教给你。"

我由衷地感谢道本，她让自尊心极强的母亲自始至终在形式上担任着一个居高临下的监督者。

道本离开后不久，我仔细观察着母亲是否对"把家务交给外人"这件事感到烦恼，但过了十分钟之后，母亲把护工来过这件事忘得一干二净。

"道本？这个人来过吗？今天没人来吧？"

原来是这样啊，我的心情也舒畅了。

166

没有像我这样思来想去而感到烦恼的母亲，毋宁说是幸运的。母亲得了阿尔茨海默病之后，虽然受到了一些伤害，但她会连这件事本身都忘记，所以不会受到影响。这种时候我就会想，这或许是一件非常幸福的事情。

　　从那个星期的星期六开始，日托服务也开启了。果不其然，直到去的前一天，母亲还在重复唠叨着"我碍事了"。父亲和我窃窃私语着。

　　"到了明天早上，如果她说'不去'，我们也只能抱歉地拒绝了。"

　　"是啊。不过我认为如果接送的车来了，妈妈对外人态度又比较好，所以她无论如何都会上车的。"

　　当天，母亲一大早就起床问道："今天要出门吧？你觉得我穿什么去好呢？"

　　你不是正在将衣服从衣橱里拿出来在身上换来换去吗？

　　我带着半分惊讶问道："你怎么了，妈？今天吹的是哪阵风？"

　　母亲仿佛忘记了到昨天为止的那场大骚动（可能真的忘了吧），带着一副若无其事的表情问道："什么？"为了不破坏母亲难得的好心情，我没有再追问下去。只是感慨颇深地望着久违地认真化妆的母亲，并建议说："我觉得那个颜色的口红和你的衣服更配。"从小时候开始，我就看过好多次母亲化妆时的样子，但现在仅仅是这样，我都会感动地说一句："妈，你真了不起啊！"并为此感到幸福，这真是不可思议。

但是，现在想来，那时的我只觉得"母亲的心情奇迹般地变好，愿意去日托中心，真是太幸运了"。但我又感觉，其实母亲是不是为了不给父亲和我添麻烦，就自己决定"还是去比较好"的呢？母亲难道是在考虑我们的感受吗？虽说母亲得了病，但我认为母亲并没有完全失去这种判断能力。若非如此，母亲那突如其来的变化便无从解释了。

日托中心的人之前告诉过我："女儿不要跟着过来，请让您母亲一个人来。不能让她养成跟女儿撒娇或依赖女儿的习惯。"这和提醒幼儿园小孩子的监护人简直一模一样。我虽然感到奇怪，但这样想来，我在不知不觉间已经成了母亲的监护人。不知从何时开始，我也把母亲当作"需要照顾的孩子"来看待了。当我有所察觉的时候，母亲和女儿的身份已经逆转了，这让我感慨颇深。

母亲穿着她最喜欢的夏季毛衣，坐上了日托中心来接她的车。她和我们挥手道别，心情愉悦地出发了。但第一天我还是很担心。我以节目拍摄为借口，坐上事先叫好的出租车，偷偷地跟在后面。

我对出租车司机说："请跟着前面那辆车。"自己都觉得好像在拍刑侦剧。

进入日托中心的"自悠馆"，我正好碰到母亲在工作人员的催促下，在大家面前做自我介绍。

"敝人信友文子是也。"

"敝人"？"是也"？母亲在装什么呢？

看到用手捂着嘴端庄微笑的母亲，我忍不住想要吐槽。如果可以的话，我甚至想拍一下母亲的头。这是母亲得了病之后的一个缺点。因为她对自己没有自信，也许是不想让初次见面的人看不起的意识起了作用，所以母亲就装出一副不必要的高雅，充满了攀比之心。我从一开始就很担心母亲会招来大家反感。

但值得庆幸的是，大多数设施使用者都是很温和的人，让装模作样的母亲也自然地融入了进去。尤其是这里还有和母亲毕业于同一所女校且年龄相仿的人，虽然她们互不相识，却有很多共同的熟人。大家热烈地谈论着少女时期的事情。

"校长在早会上会说很长一段话，很烦吧。"

"对对，是那个光头校长吧。"

果然，以前的事情母亲记得很清楚！

顺便说一下，这个人也患有阿尔茨海默病。后来每个星期母亲都会见到她，但是下一次再见到的时候，她们就忘记了彼此，所以结束了初次见面的问候之后，她们又从头开启了相同的话题，聊得火热……

　　"我是市女（指吴市市立女子学校）的。"

　　"哎呀，我也是市女的。"

　　"哎呀，早会上话很多的那个校长，你还记得吗？"

　　"啊，那个光头……"

　　就算反应变慢了，也可以交到很投缘的朋友啊。我偷偷地在柱子后面观察着两人逗趣的对话，眼泪都快流出来了，心想："妈，真是太好了。"

　　在日托中心，大家一起唱歌、做操、画画、玩怀旧游戏（如套圈、丢沙包、抽纸牌），安排了各种各样有趣的节目，不会让参与者感到厌倦。

　　说来惭愧，母亲从第一天开始就比任何人都享受这些游戏。

　　她大声欢快地唱着童谣。在套圈游戏中，总想要多次尝试直至成功。搭积木时花费了很多时间，以至于别人等得都不耐烦了，也要搭得比谁都高。如果塌了，就不甘心地敲桌子……真是的，不服输也要有个限度啊。

　　就像是一个没有协调能力的孩子一样，我越来越担心了。她自己可能很开心，但不会给工作人员和其他参与者带来困扰吗？这样下去的话，母亲不会被大家讨厌吗？我很担心，就询问了工作人员。工作人员说："没关系的。我们都知道'不懂察言观色'是阿尔茨海默病的症状之一，谁都不会介意的。因为大家都不会认为您母亲是一个原本就不懂得察言观色的人。相比之下，我们很高兴您母亲能够那么欢快、开心地笑。"

工作人员竟然会这样说。谢谢！

话说回来，好像真的很久没有听到母亲这样大声欢闹、哈哈大笑。我甚至都不记得是从何时开始的了。我心想，在这里接受日托服务真的是太好了。

结束了半天的日托生活，回到家里之后，直到半夜母亲的心情都很好。不知为何，母亲认为自己是"去寺庙听讲经了"（因为我们家历代都是净土真宗的门徒，所以母亲健康的时候也会去各个寺庙听讲经），她很满足地说："和尚给我讲了一个很好的故事。"

当母亲说"我很开心，还想再去。我可以去吗"的时候，我也不由自主地摆出了庆祝胜利的手势。把母亲送去日托中心的这段时期，父亲似乎也可以心无杂念地看报纸、埋头于剪报工作，这段经历让我意识到，家人果然也是需要喘息的。

护理服务没有出现任何问题，终于步入了正轨，母亲顺利地接受了护工和日托中心。尤其是母亲每周都很期待去日托中心："又可以去听和尚讲经了。"母亲亲自把笔记本和做笔记的文具装进了随身携带的包里，说："如果听到好故事，我一定要记下来。"因为母亲要洗澡，所以实际上需要准备的是换洗衣物、纸尿裤和牙具。我不在家的时候，这些东西都是由护工道本帮忙准备的。

母亲在日托中心可以每周洗一次澡，这对我来说也是一件值得庆幸的事情。在此之前，父亲只有心血来潮才会洗澡。虽然说起来有些难为情，但冬天天气冷的时候，他们曾经将近一个月都没有洗过一次澡。这样一来，身上穿的衣服也一直都是同一件……所以，母亲现在养成了"每周洗一次澡，换一次衣服"的习惯，我真的很放心。

现在想来，母亲被确诊为阿尔茨海默病已经有两年零三个月的时间了。我一直在是否接受护理服务这件事上和父亲不断地讨价还价，自己也一直感到很困扰。但是开始行动之后，才发现是"知难行易"。同时我也感到有点后悔："早知道事情进展得如此顺利，我就不必困扰两年多，背着父亲直接去找地区综合支援中心的人商量就好了。"我完全不知道向谁抱怨才好，但是我想说："把我困扰的那两年时间还给我！"

之前，父亲和母亲只要听到"护理支援专员""护工""日托中心"这些称呼，就会产生抵触情绪："那是什么东西？我才不需要那些！"可一旦开始尝试之后，就发现果然人与人之间是需要建立人际关系的。

"小山（护理支援专员）是一个好人，又很可爱，所以我很喜欢她。如果是她来的话，我随时都会热烈欢迎。"

　　"道本（护工）做的菜真的很好吃。虽然你妈妈没说，但她做得比你妈妈还好吃。"

　　了解对方是一个怎样的人，且关系一旦好起来之后，隔阂似乎就会很容易消除。尤其是父亲之前还逞强说："我一定要坚持。"但是他好像发现有什么事的话可以找他们两个人商量，所以父亲的表情就明显变得比以前柔和了。特别是父亲逐渐对每周都来的道本寄予了无限的信任，甚至让我感到嫉妒。

　　如今，我在道本星期三来的时候打电话回家，在电话里我都能感受到父亲的喜悦："今天道本做了土豆炖肉。可好吃了！下周做什么好呢？她说只要是我想吃的都可以做。"除此之外，他们还总是将生活中棘手的事情委托给道本来做，例如"窗户上的遮阳篷升不上去，道本帮忙修好了""厨房的灯啪啦啪啦地时亮时暗，我猜是灯丝断了，下次想让道本帮忙换上"。之前，这些事情都是在我回家的时候，父母委托给我的专属任务……哎，还是算了。

　　我每次都会提醒父亲说："道本是妈妈的护工。你有些事情可以委托给道本，有些不可以，这方面你也认真考虑一下。你是'不符合'接受护理资格的。你不是也看过护理的书了解过了吗？"

173

就连我自己都觉得，这些话听上去像是我被嫉妒心驱使而说出的一些尖酸刻薄之词，我也感到有些难为情。

即便如此，曾经一度闭门不出的父亲和母亲，就算到了95岁和87岁的超高龄，就算其中一个人得了阿尔茨海默病，还能够再次和社会产生联系、找回笑容——这一事实不论对父亲来说，还是对我来说，都化为了切实的自信和巨大的喜悦。

从护理服务开始之后，我也真的变轻松了。我和小山、道本也加了社交软件好友，因为她们在去我家的时候，可以如实地将父母的情况告诉我。如果父亲和母亲有什么麻烦，他们会立刻用社交软件通知我，还会从专业护理人员的角度，帮我一起寻找解决办法。

虽然我在东京，但专业的护理人员定期帮我照看父母可以给予我安心感。我切身感受到，这份安心感存在与否，会让我在精神上有如此差异。而且，内心变得从容后，我才意识到："一家三口闭门不出的时候，我也变得非常抑郁。"因为心情一点点地消沉下去，压力越来越大，所以身处困境之时是不会对此有所察觉的。

2016年夏天是广岛有史以来最热的一个夏天。为了不让父母中暑，小山、道本和身在东京的我一起想了很多办法。

小山的事务所就在我家附近，她经常会去我家确认父母是否因为"不舍得用电"而关掉空调导致家里太热（我父母很有可能做出这种事情）。

道本为了给父母补充水分，会用水壶煮麦茶。但是喜欢整理厨房的母亲很快就会把它倒掉，所以道本买了麦茶专用的水壶，在侧面用记号笔写上了大大的"麦茶"。

"总之，就算不觉得口渴，也要定时喝这个麦茶。千万别中暑了。直子会担心的。"

道本叮嘱后，父母都顺从地进行了水分补给，多亏了她，父母才平安无事地度过了这个炎热的夏天。

道本经常给父母拍照，然后发给我，说："今天的爸爸和妈妈是这样的。"有一次，她发消息说："今天做了萝卜泥，妈妈坚持做到了最后。"同时还配有母亲认真地擦萝卜泥和把成品端在手上微笑时的照片。我看着那些照片，母亲满脸的笑容自不必说，连她系着围裙的样子都让我很感动。

在我的记忆中，母亲站在厨房的时候总是系着围裙。但是得了病之后，这个习惯就消失了，我很难过。母亲在道本的循循善诱之下，被分配了切菜、擦萝卜泥等任务，重新找回了干劲……围裙就是这种干劲的象征。

我很开心，有一段时间还将那张照片设置成了手机的待机画面。

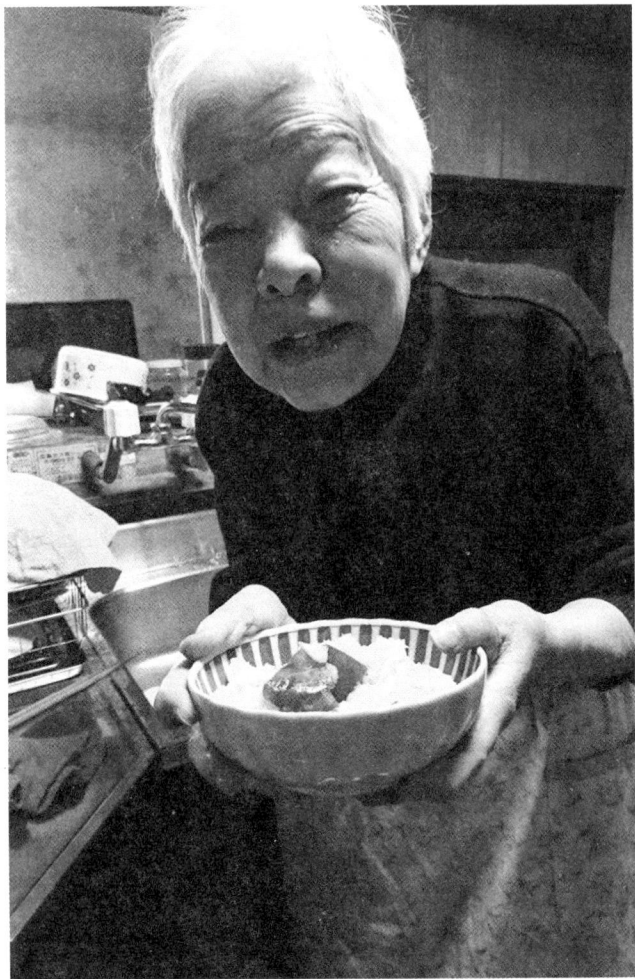

富士电视台的《周日先生》首次播出我的纪录片是在2016年9月11日，即申请护理服务的两个月之后。当时在演播室一起接受采访的，还有阿尔茨海默病专家今井幸充医生。他给我提的建议，至今仍令我难以忘怀。那是一句成了之后我和母亲相处之道的金玉良言。

"请和专业人士共同分担看护的重任。"

我受到了这句话的启发。这句话的意思是，因为专业人士更擅长护理，所以可以假手于人的事情就交给专业人士。而只有家人才可以做到的、需要对他们本人给予充分关爱的事情，就要尽到自己的本分。

举一个简单的例子来说，如帮助身体无法移动的人洗澡，当然我们家还没有达到这个阶段。在这一点上，接受过培训的专业人士远比掌握要领的家人做得更好。因为让擅长的人帮忙洗澡可以感到安心，所以本人也会很开心。但是由家人来洗的话，因为要把沉重的身体抱进洗澡水里，所以家人会提心吊胆，本人也会因为害怕而导致身体变得僵硬，就会更加辛苦。不论对于本人来说，还是对于家属来说，除了累之外毫无益处。这种事情还是交给专业人士做比较好。

但反过来说，在"给予那个人关爱"这件事情上，不论是能力多么强的护工，一定都比不上家人。对于他们本人来说，无论护工对自己多好，肯定还是被家人温柔以待会感到更加开心。

节目播出的时候，我家才刚刚开始接受护理服务。由于疲劳和压力，我比现在消瘦得多，气色很差。今井医生看到我这样，对我说："你才刚刚开始享受护理服务，或许对护工们还存有顾虑，但是护理工作还不知道要持续多少年，所以你要下定决心将能假手于人的事情交给专业的人做。如果自己累坏了身体而埋怨母亲的话，那就本末倒置了。"

啊，的确如此。这些话就像渗入沙土里的水一样渗入了我的内心。那时我才意识到，把母亲委托给护工，我的心中还是会存在一种罪恶感。明明有我这个女儿在，还要让别人帮忙做饭、洗衣服，真的好吗？那不是女儿应该做的事情吗？我在内心深处还是这样想的。

但是，今井医生的建议让我豁然开朗。

如果我将护理母亲的工作全部揽到自己身上，"那个也做""这个也做"，我在精神和身体上肯定都会感到筋疲力尽而被逼得走投无路吧。这样一来，或许我会认为自己产生这样的感觉都是母亲的错，对母亲抱有怨气，进而憎恨母亲。不论是对于母亲，还是对我来说，那都是最不幸的事情——今井医生让我意识到了这一点，我真的是太幸运了。

从今往后，我要和小山、道本一起共同分担照顾母亲的重担，将内心的从容更多地放在爱护母亲这件事上。我要抱紧母亲，直到她说"我已经知道啦，不要再抱啦"。我暗下决心。

小时候我总是缠着母亲撒娇说："我最喜欢妈妈啦。"母亲甚至还对我说："我已经知道啦，可以了，不要再那么黏着我了。"

但是，最近我抱过母亲吗？或许，自从母亲得了病，我感觉她已经不再是以前的母亲。

第十五章

我甚至认为
"母亲的阿尔茨海默病
也许是上天的安排"

我从小时候开始，就非常喜欢母亲。可能是因为投缘，我们的笑点一样，所以在一起的时候总是说说笑笑。信友家原本是这样一个家庭——母亲和我热火朝天地聊着女性之间的话题，沉默寡言的父亲在旁边一边看着报纸，一边羡慕地听着我们东拉西扯。

从女儿的角度来看，母亲是一位"完美的主妇"，所以是"值得骄傲的母亲"。

擅长做菜、爱干净、心灵手巧、善于交际、温柔幽默、总是对我倾注无私的母爱……回想起和母亲之间的经历，无论怎么想，我都找不到一件让我认为"我讨厌母亲"的地方。

母亲是专职主妇，现在回想起来，她尽心尽力地为我和父亲提供了支持。

我在读高中的时候，每天早上乘坐六点多的国铁（那个时候还不叫日本铁路）吴线到广岛市的高中上学。母亲每天早上四点半就起床为我准备盒饭。那是一个不像现在这样有冷冻食品的年代，而且母亲是一个不会偷懒将前一天的剩饭装进饭盒的人。

因此，所有的菜都是母亲一大早准备的。然后，母亲在五点半的时候把我叫醒。一边对总是磨磨蹭蹭、眼看就要迟到才跑到公交站的我发牢骚说"都怪你整理得太慢了"，一边却不知为何陪着我一起跑。

我觉得母亲穿着凉鞋全力奔跑到公交站的样子很好笑。有一天我问母亲："你又不去上学，送我到门口就可以了呀。为什么总是跟我一起跑呢？"母亲回答说："你不觉得和妈妈一起跑比自己一个人跑更开心吗？"

没错，母亲的想法就是"人生中任何事，开心即为胜利"。所以我们在一起的时候，最后不论什么事都会变得非常愉快，一起笑起来。

然后，母亲接着说道："而且，比起在家里担心你是否赶上了公交，我更想带着'赶上了，路上小心'这种舒畅的心情把你送出去。"

直到现在，我回到吴市的时候，住在公交站附近的阿姨还是会感怀地说："你上高中的时候，总是和你妈妈一起急急忙忙地跑来，勉勉强强地赶上 6 点 20 分的公交车。你妈妈一直挥手，直到看不见公交为止。我当时觉得她可真是一个可爱的妈妈。"包括这位阿姨在内，附近的人也都非常喜欢母亲。

我认为我继承了母亲享受人生乐趣的态度。在生活中的小事里，我也可以找到令人发笑的部分来享受快乐。这种态度，是在我从小和母亲的对话中自然而然养成的。

虽然我得了乳腺癌，但除了有对死亡的恐惧和对摘除乳房的悲伤之外，我还能在当时的状况下寻找乐趣。那是因为母亲的想法渗透到了我的内心深处："就算犹豫不决，也只是浪费时间。如果什么事都不去享受的话，那多吃亏啊。积极地向前看吧！"

小时候，（虽然我自己不这样认为，但据周围的人说）我是一个有些奇怪的小孩。但是，母亲（还有父亲）非常重视对我这种异常的感受能力的培养。

两三岁时，刚刚学会说话的我似乎对什么事情都感兴趣，对大人们提出了很多问题："这是什么？""这个为什么会变成这样呢？"甚至有人说："这孩子浑身上下都是好奇心。"

在亲戚和邻居们当中，似乎有人也嫌我麻烦，会说："直子的'为什么？为什么？'病又发作了。"但是母亲没有露出一丝不悦的表情，津津乐道地用孩子能听懂的语言，认真地解答我提出的每一个充满孩子气的问题。这让幼年时期的我感到很安心，而且对这个世界越来越感兴趣。每向母亲提问一次，我对这个世界的构造就了解多一些。直到50多年后的今天，那种激动兴奋的感觉依然存在于我的身体里。这么说来，我还问过诸如"我为什么会认为我是我呢"这类问题。这个问题连我自己都还清晰地

记得。为什么会产生把这个肉体当作自己,即所谓的"自我认知"呢? 我作为小孩子对此感到不可思议。记得当时我被父亲抱着,父亲被问得无言以对,这大概是我 2 岁时发生的事。

直到现在,母亲还会笑眯眯地跟我聊起以前的事情:"你小的时候,只要和你在一起,就不知道你会问出什么问题,真的很有趣,我都听不够。"就算得了阿尔茨海默病,母亲还是清楚地记得过去的事情。其中,母亲最喜欢的也是在我两岁时发生的一件事。那是母亲晚饭后背着我沿河边散步时发生的事情。

"那是一个没有月亮的夜晚。你在我背上问:'今天月亮婆婆不在。为什么呢？'我原本想给你解释一下新月，但是要怎么给两岁的孩子解释才好呢？因为很难解释，所以我开始思考。你说了一句让我吃惊的话，你说'因为天黑了，月亮婆婆也回家了吧'。我很欣慰。我想，我的孩子真的是个诗人啊。"

什么……这么说来，的确如此。月亮"因为天黑就回家了"，这是成年人很难想象出来的文学表现手法。

"所以，你在东京拍纪录片、写文章，从事语言表达的工作，我觉得这很符合你的性格，妈妈很赞成。"母亲又说了这样一番话……回想起来，在母亲这种纯粹直白、夸大赞扬女儿的激励下，我才得以持续自由影像作家的生涯。

虽然说来话长，但我想再写一些关于母亲的回忆。

母亲还很擅长做菜，但是最令我感到骄傲的是，母亲心灵手巧什么都会做。而且她做出来的东西品质很高！

少女时期的我只穿母亲亲手制作的洋装。只要我把款式拿给母亲说"我想穿这种的"，母亲就会按照款式将衣服缝制出来，所以我没必要穿成衣。

"我想要玛丽·波平斯撑着伞从天而降时，穿的那种大衣和围巾。""我想穿《草原小屋》里玛莉在去参加教会的礼拜时，穿的那种圆领蓝色连衣裙。""我想把《芝麻街》里的厄尼和伯特的贴花，贴在背带裤（小学时很流行）的胸口处。"

我觉得每一个请求做起来都是非常费事的。但是母亲兴致勃勃地答应了女儿的请求,并且做出了超乎我想象的高品质成品。因为那是一个还没有录像机的年代,所以母亲看了很多次电视节目,画了草图之后,再按照图样做出来。

在我幼小的心灵里,我甚至觉得不好意思独占母亲的才能。虽然炫耀父母会让我感到难为情,但如果母亲晚一些出生,生在女性进入社会更加普遍的年代的话,我认为她会是一个可以担任创作并充分展现才能的人。

我至今还珍藏着那件决胜时刻穿的战袍衬衫。那是 40 年前母亲为我做的"犍陀罗衬衫"。我在电影首映典礼上致辞时也穿着它,请专业摄影师帮我拍摄个人简介照片(这本书的封面作者简介中也有使用)时也穿了这件衬衫。

我上高中的时候,后醍醐乐队的《犍陀罗》非常流行,我很喜欢这首歌,经常在"十大金曲"之类的节目里看。他们的服装是大码衬衫,有一种很自由的感觉,看上去很舒服。那时候我已经是高中生了,所以没有向母亲提出请求。但母亲可能是想鼓励一下努力长途跋涉去上学的女儿,于是就给了我一个惊喜:"给你,这个是礼物。你是想穿这种衣服吧。"母亲按照她的风格改制了"犍陀罗"的服装,把亲手做的衬衫当作礼物送给我。衣领、袖子、下摆都缝制了精细的装饰品,这是一件有点像艺术品一样的衬衫。做完这样一件衣服，需要花费多少时间啊？

"哇，好漂亮啊！谢谢！"

我无法忘记当时的惊讶和喜悦之情。在母亲送给我的礼物中，这件衣服是最让我感到开心的。这件衬衫拿来穿的话就太可惜了，平时我会珍藏起来，只有在决胜时刻才会穿上，所以40年后的今天，这件衣服仍然活跃在第一线。

不仅是首映典礼致辞的时候，在电影媒体试映时，我也是穿着这件登台的。只要穿上这件衬衫，我就感觉母亲在身边守护着我。就算在众人面前，我也不会紧张，可以沉着冷静地讲话。

不好意思，我写了太多关于曾经的母亲的回忆了。

因为母亲对我来说就是那么特别的人……在关于母亲的回忆中，有很多小插曲塑造了如今的我，虽然不是什么大不了的事情，但却给我留下了深刻的印象。

母亲得了病之后，我感到最难过的是，曾经把"不积极地享受人生就是吃亏"这句话当作人生格言的母亲，竟说出了完全相反的话。

健忘也是没办法的事情，毕竟是得了这种病。但是，我也不希望母亲因此而失去干劲和自信。如果说那也是病症之一的话，那也就罢了。看到母亲失去了活下去的动力，整天发呆、躺在床上翻来覆去，这对我来说是最难受的。

在我的记忆中，小时候没有见过母亲在白天躺着的样子。母亲只有在晚上睡觉的时候才会躺下。以前母亲感冒、身体难受的时候，年纪尚小的我担心母亲说："妈妈，你稍微休息一下吧。"但是母亲坚持拒绝躺下："妈妈不会做那种不合规矩的事情，白天就开始睡觉的话，人会堕落的。"母亲就是这么一个严于律己的人。

但是，现在的母亲无所事事，不论在什么地方，从白天开始就一直躺着。但即使我想让母亲稍微打起些精神来，说："妈，一直睡觉的话，人会堕落。我要做饭了，来帮我一下吧。"母亲还是不起床，固执地说："反正我连做什么都不知道，只会添麻烦。你来做的话，还可以做出好吃的菜，你爸爸也会高兴的。"如果我一个劲儿地催促的话，母亲就只会说一些自我否定的话："不要再管我了，反正我也没什么用。"所以我也不知不觉地变得感情用事了："你为什么总是说那些蔑视自己的话呢？以前不论什么事情，你不是都会朝着积极的方向去想吗？"

"因为我已经变傻了！所以我还是不在这个家里待着比较好。我只会给你们添麻烦，对吧？"

"你为什么要说那种话呢？没人说过嫌你麻烦吧？说什么'不在这个家里待着比较好'，那你要去哪里呢？你没有可以去的地方吧？"

我也不自觉地加入了同一个赛场，开始争吵起来，气氛高涨起来。没错，这样下去是不行的。

　　当阿尔茨海默病专家今井幸充医生告诉我"家属最重要的工作就是关爱患者"的时候，我大吃一惊。因为我的直觉告诉我，现在到了必须直面自己一直以来遮掩逃避的内心的时候了。

　　于是我自问自答。

　　我现在是发自内心地爱着母亲吗？

　　母亲已经不再是曾经那个快乐的母亲了，看着很可怜。所以我是否在内心深处也开始疏远现在的母亲了呢？

　　母亲之所以重复着"我还是不在这个家待着比较好"这种自我否定的话，难道是因为她敏锐地捕捉到了我某一刻冷漠的视线了吗？

　　我真的爱着那个得了病之后变得异常的母亲吗？

　　实际上，我常常对母亲的崩溃表现感到绝望。一有不顺心的事情发生，母亲就会不考虑对方的心情，哭着喊着说："我还是不在比较好！"起初，我不知道如何是好，对母亲的变化甚至感到了恐惧。我想尽办法安抚母亲，试着去理解母亲的心情。

　　的确，母亲每天和我们生活在一起时都想着"我变奇怪了，给大家添麻烦了"，她的痛苦可想而知。因为我们一起哭过很多次，所以我认为自己应该也理解她一些。但是我作为女儿，知道母亲曾经很为他人着想，所以现在当母亲说出"我还是死了比较好"的时候，我真的很想控诉说："对方听到你说这些话会怎么想，你难道连这种联想能力都丧失了吗？"不论我如何告诉自己，因为母亲生病了这是迫不得已的，可我的内心还是无法消化听到这些话时产生的悲伤情绪。

可是一吃到美味的食物，母亲的心情一下子就变好了，莫名其妙地就忘记了刚刚自己哭喊的事。只要母亲露出笑容，我就放心了，所以我迫不得已地采用了"美食诱惑"的作战计划。

但是，我一边认为在这种时候一味地提起过去的事情是不好的，另一边又会想着"以前……"以前，我和父亲狼吞虎咽地吃着母亲做的菜时说"真好吃啊"，母亲笑眯眯地看着我们说："看到你们吃得这么香，我感到很幸福。"然后自己再吃光剩下的饭菜。

但是现在，母亲总是"迫不及待"地要最先吃我做的菜。只要她觉得好吃，就不管我和父亲，自己一个人把菜吃光。父亲和我只能带着无可奈何的心情看着她——差别如此之大。

哎，刚才还在一直哭，看到食物摆在眼前的一刹那就露出笑容并开始大口地吃起来的母亲虽说是可爱的，但她似乎已经不顾及身为母亲的角色，展现出了生物的本性，多么可悲啊……

现在的母亲就像个孩子似的。虽说"只要把她当成孩子来看就不会生气了""护理病人就像是在育儿"，但是病人和孩子之间决定性的，甚至令人绝望的差别就在于，孩子会成长，我们可以对此抱有期待。但是得了阿尔茨海默病的母亲的情况不会比现在更好，只会越来越糟糕。而且，养育孩子是可以想象到他们走向社会的那一天的，但母亲的这种状态是，如果食欲这么好，身体也很健康的话，就真的是永远望不到尽头……想到这里，虽然很对不起对我有养育之恩的母亲，但有时我甚至会产生一种自己慢慢陷入无底之沼般的恐惧感。

说实话，如果不努力的话，我已经无法再爱现在的母亲了。虽然我认为自己是个很过分的女儿，但是我不得不承认，要发自内心地爱现在的母亲还是需要努力的。我不希望我对曾经最喜欢的那个母亲的记忆，被现在崩溃的母亲所取代。所以，现在的我不敢认真地面对母亲，只是在敷衍了事。

是的，因为我不想让自己受伤……

但遗憾的是，这种情况无法改变。母亲患有阿尔茨海默病这一事实是不会改变的。那个活泼、爱开玩笑、我最喜欢的母亲再也不会回来了。

我在这本书的开篇写道：既然如此，就只能转变自己的想法了，唯有接受了阿尔茨海默病之后，才可以发现快乐。我认为，这是在接受重要的人得了阿尔茨海默病时的最大诀窍。

实际上，我在面对患有阿尔茨海默病的母亲的过程中，渐渐地还发现了另一种"解救之策"。这是我心中非常黑暗的一部分，所以我一直犹豫要不要在这里写出来。因为一开始我就宣称，在这次的作品中，我会如实地说出所有的事情，所以我觉得还是毫无保留地写出来比较好。

我的这一"发现"写在了当时的日记里。

我想在那篇日记的基础上来写文章，但是我删来删去写了好几天，无论如何都无法准确地表达出我当时的真实情感和想法，所以我下定决心公开当时的日记。

....

2017年8月5日

我从小就非常喜欢母亲，我们关系好到总是要挽着胳膊走路。就在几年前之前，只要一想到"如果母亲过世了怎么办……"，我就会流下眼泪，我对母亲的喜欢甚至让我曾绝望地认为"可能我也活不下去了吧"。

每年我都非常期待回老家，每次回东京的时候，我都会舍不得和母亲分开。

我那么喜欢的母亲竟然得了阿尔茨海默病。起初的时候，我当然是受到了打击。母亲反复做出一些令人震惊的言行，当这些都成了日常，我也渐渐习惯了母亲那些奇怪的行为（或者说，我厌倦了，不再认真地去理睬她了。这样说或许更加准确）。

而且，我最近开始产生了一些想法。

虽然想法有些奇怪，但在我心里，我感觉母亲正在一点点地死去。

如果母亲没有得病就过世的话，我可能会因为悲伤和失落而撑不下去，但现在我已经没有那么害怕母亲过世了。我经常无法和现在的母亲进行正常交流，尽管我知道是因为生病的缘故，但她的言行只会让我感到焦虑和失望。明确地说，现在的母亲已经不再是我曾经非常喜欢的那个母亲了。

因此，在我内心的某一处，我认为是上天让母亲得了阿尔茨海默病。这是一场为了让我在母亲过世之后也不用那么难过才准备的，"缓慢而豁达的死亡"。

....

是的，自此之后，我就开始把阿尔茨海默病当作是"上天的安排"。上天让母亲从我曾经非常喜欢的那个母亲开始慢慢变成现在的样子，让我一点一点地和她道别。

看了这篇日记，如果有人觉得不舒服的话，我真的非常抱歉。

母亲依然健在，我却说什么"一点点地死去"。但是，那些因为重要的人得了病而走投无路的人如果知道"原来别人还有这种想法"，我想他们能获得一些被救赎的感觉。

或者，对于有着同样感受却责备并厌恶自己的人，我想说："不是只有你一个人。"我也是一样的。一边骂自己这样想是不孝至极，一边认为"这是上天的安排"，我确实因此得到了解救。

因为今井医生的那句"家属最重要的工作就是关爱患者"，我下定决心不逃避，好好地与母亲相处。我知道不努力就无法爱母亲，所以我决定无论如何都要做出这种努力，即使从形式上开始也好。

今后，不论母亲说什么难听的话，我都会对她说："我最喜欢妈妈了。"

我要毫不动摇地竭尽全力将这句话告诉母亲，让母亲稍微安心一些。我认为这是我作为女儿的使命。

首先，就从紧紧拥抱母亲开始吧。我们曾经明明那样亲密地接触过，但因为害怕改变之后的母亲，我却没有再拥抱她。这太不正常了。我要竭尽全力向母亲传达"即使妈妈变了，我也会爱妈妈"的心意。

从那以后，只要母亲躺着，我就也躺在母亲的旁边。一边抱着她、抚摸她的头发，一边和她聊天。

"因为你的大脑不像从前那样灵活了，所以我想你会感到不安。可那是因为生病，这也是无可奈何的。就算生病，妈妈还是妈妈，什么都没有变。爸爸和我都因为你生病而感到担心，可是因为喜欢你，所以我们不希望你去任何地方。我们想和你一起，在这个家里一直生活下去。所以，你哪儿都不要去，就待在这个家里吧。"

然后我又重复说了好几次"我最喜欢妈妈了"。这样一来，一开始还僵直着身体说"不要碰我，反正我就是碍事"的母亲，也渐渐地沉稳下来，露出了温和的笑容。而且在拥抱母亲的过程中，我也渐渐地解开了因为害怕母亲而产生的心结，心情变得轻松起来。我感觉和母亲又像从前那样，变得心灵相通了。母亲身上的气味和从前一样，母亲的笑容也和从前一样。虽然母亲得了病，但她还是我的母亲。我还是喜欢母亲的。我希望这段安稳的时光可以一直持续下去。

但是，幸福的瞬间不会长久地持续下去，这就是这个病的特征。我还想继续沉浸在这种幸福感之中，但下一波"我在这里就是碍事"的浪潮毫不留情地袭来，然后就又回到了起点。这就是我们家的现状，我也只能享受着连同这个现状在内的，当下的生活了。

· 第十六章 ·

你忘记感恩之心了吗？

护理服务开始一年后，母亲对护工道本也不再展露客气的表情，变得满不在乎地胡言乱语、胡闹起来。父亲把母亲这样的行为当作是自己犯了错一样而感到抱歉，还屡次安慰道本说："她真的让你感到很为难吧，你也很辛苦。就算她不在乎别人的想法，也要适可而止啊。"

　　"没关系。我都习惯了。她用对家人的态度来对待我，就好像把我也当成了家人，我反而觉得很开心。"

　　即使被母亲"啪啪"拍打，道本还能笑着说出这番话，她帮了父亲和我太多忙了。

　　据说因为道本做的美味菜肴，父母之间还曾爆发过一次攻防战。有一天，我罕见地接到了父亲打来的电话。我还以为发生了什么事情，父亲带着哭腔说："我舍不得吃就留下来的红烧杂烩全被你妈妈吃掉了！"电话里的母亲大声喊道："我不是说了我不知道！"

　　仔细一听，原来是这么回事。昨天，道本做的红烧杂烩非常好吃，所以父亲说："今天全部都吃完就太可惜了，所以我们只吃一半，剩下的留到明天吧。"然后，他就强忍着没有再吃，留了一半……

母亲半夜走进厨房掀开锅盖，发现"有好吃的"，就全部吃光了。而且，母亲不愧是家庭主妇，吃完后还想着认真收拾一下。父亲起床后看到厨房里已经被清洗干净的锅，大吃一惊："你全都吃啦！"但母亲当然是已经不记得这件事了。

那之后，父亲就说："为了不再被你吃掉，我也不得不做好防卫了。"然后，他就将自己想吃的东西放在自己的枕边再入睡。

母亲依然是胃口大开，但早上起得越来越晚。最严重的是有一次我回老家。下午 5 点多到家的时候，父亲跟我说："你妈妈还在睡觉呢。"我吓了一跳。桌子上放的是母亲的早饭，有吐司、煎荷包蛋和苹果。这些好像是父亲准备的。但是吐司和荷包蛋都凉透了，苹果也变成了黄褐色。

"不论我说多少次'起来吧'，她都无视我说的话，无视。"

父亲似乎已经放弃了，在厨房里不停地淘着晚饭要用的米。

"我猜你妈妈也会起来吃晚饭的。我买了你妈妈爱吃的比目鱼生鱼片。她真的太喜欢好吃的东西了。"

爸，你可真是个好人啊。父亲宠爱妻子的样子真的令我折服。

我走到关上隔扇拉门睡觉的母亲身旁，硬是用欢快的语气说："妈，我回来了。你还在睡觉啊？白天就开始睡觉的话，人会堕落。"

但母亲完全没有露出高兴的表情，说道："什么呀？是直子啊？让我再睡一会儿吧。"我觉得自己花了半天时间回来没有任何意义，心情变得很沮丧。但是这种时候，我也会并排躺在母亲的旁边抱紧她，抚摸她的头发并耐心地和她说话……母亲就会一点一点地意识到女儿"回来了"。

啊，这里是我家，这是我的被子啊……直子回来了，她说让我起来。说起来，我肚子也饿了。老伴儿也在担心我，该起床吃点东西了——我就在旁边仔细观察母亲，母亲的内心活动一目了然。

据说患有阿尔茨海默病的人在起床时，头脑是最混乱的。清醒的时候倒还好，但对于自己在哪里、现在是早上还是中午抑或是晚上、自己接下来应该做什么，他们都全然不知。他们感到害怕，于是就会再次闭上眼睛睡觉。

为了消除这种恐惧感，让她冷静下来，我要靠在母亲的身边，尽可能脸贴脸地挨在一起。我看着她的眼睛，再花时间不慌不忙地告诉她"这里是哪里、现在是几点、接下来妈妈要做什么"，直到她自己接受为止——这是我在反复试错后摸索到的与母亲接触的最佳方式。

刚开始的时候，母亲也不是很冷静。但是我耐心地和她说话，渐渐地，她就理解了、放心了，还开始露出了笑容。

虽然有点像实用指南，但我还是逐渐明白了一件事。为了不让母亲头脑混乱，还是避开这一点比较好。那就是，我和父亲单独聊天是不太好的。因为这样一来，母亲就会认为自己被孤立了……

母亲的心情或许是这样的吧。

"从刚才开始，他们就在聊天，但是他们聊的内容我完全不懂。因为我不懂，他们就排挤我，只有他们两个人在聊天……如果我问'你们在说什么呢'，他们会告诉我。但是我完全不懂他们告诉我的那句话是什么意思。我刚才好像问过好几遍同样的问题了。老伴儿和直子的表情都有些不耐烦了……对于他们来说，我果然是个累赘啊……"

母亲得了病之后，对我任何一个细微的表情变化变得更加敏感了。就算我什么都不说，只要有一瞬间不耐烦的情绪，母亲都会立刻察觉并做出反应。因此，我非常注意让母亲融入谈话的圈子中。

对我来说，和父母之间的三人对话的压力是很大的。光是"因为听不清，同样的问题要重复问好几遍的父亲"就已经让我吃不消了，再加上"因为忘记自己问过什么，同样的问题要重复问好几遍的母亲"，感觉变成了一个无限循环式的对话——哎，我已经习惯了。

但是仔细想想，只要母亲把这里当作是自己的家，其实就很幸运了。我听说，有很多病人会说"想回家"，然后就开始了所谓的游荡。如果母亲有一点点游荡的可能性，那她就无法和听力差的父亲生活在一起。因为一定要避免在父亲不知情的时候，母亲消失不见。

所以，信友家的宗旨就是"尽量不改变家里的样子"。我家是老式的独门独院，所以有很多台阶，但是这个房子是母亲嫁进来的时候开始建造的，所以母亲已经适应了。母亲的身体也对台阶产生了记忆，所以不会被绊倒。

相比之下，如果安装扶手或斜坡来改变家里的构造，母亲会感到头脑混乱，开始游荡："这里不是我家，我想回家。"这样才更可怕，想到这里，我和护理支援专员也商量了一下，决定不安装无障碍设施。

我考虑过很多种方式，但是信友家的习惯就是要有台阶，而且寝具不设置床铺而是直接使用被褥，每天早晚铺叠被褥等。我认为正是因为在日常生活中有这种张弛有度的活动身体的机会，父亲和母亲才会到了这个年纪，腰腿还格外的结实。

"什么都依赖无障碍设施，让身体变得娇气，反倒不利于身体健康。"——这是父亲的一贯主张。但这也是年近百岁、精神矍铄的父亲说的话，所以应该没错吧。

单独的燃气灶会有起火的危险，所以我家就换成了带有自动熄火装置的燃气灶。当时还找了一个和之前形状完全相同的燃气灶，这样的需求竟多得出乎意料 —— 虽然老式形状的燃气灶只要找一找就能找到。幸亏找到了，母亲好像直到现在也没有发现燃气灶被换掉了。

富士电视台《周日先生》的专题节目受到了好评，第二年还拍了续集，当他们说"干脆拍成电影吧。因为对任何人来说，这都不是一个事不关己的问题"的时候，我就被迫要对选用哪些镜头和剪掉哪些镜头做出判断。

我从2001年开始一直拍摄父母，他们都已经意识不到我在拍摄了，所以毫不隐瞒，什么都让我看。因此，为了维护父母的尊严，要选用哪些拍摄的视频，不用哪些视频的这一重任就落到了我的肩上。

最让我纠结的是，有一次父亲对母亲大吼大叫的片段。母亲刚刚起床，头脑十分混乱并陷入极端负面思考。她瞪着眼睛不停地大叫："我想死！把菜刀拿来，我不妨碍大家了，我要去死！"不一会儿，温和地开导着母亲的父亲突然爆发了，厉声喝道："你胡说什么！你想死就死吧！"在那一刻，我有生以来第一次看到父亲大声说话的样子。

父亲性格温和，所以我从来没有听过他怒吼。这样的父亲竟然会对母亲说"你想死就死吧"，我不敢相信眼前发生的事情，震惊得身体都僵住了。接下来的一段时间里，父母隔着我这个女儿，持续着激烈的争吵，但是我在这个初次看到的修罗场上，连"必须阻止他们"的想法都没有，只是一味地惊慌失措。

但与此同时，我身为摄影师无法抑制内心的兴奋："拍到了这么真实的视频啊！"在我漫长的导演生涯中，很少能遇到这么棒的场面！

那时，突然站起身来的母亲第一次对我说："不要只顾着拍照！"但是我没有关掉摄像机，而是关上了和母亲之间的拉门。因为太兴奋，所以我也记不清了，只记得我出于本能地做出了判断："如果把相机关掉，拍摄就到此为止了。那只要妈妈看不到相机就可以了。"拍摄中的我也沉迷其中无法自拔。

虽然在现场很兴奋，半出于本能地进行了拍摄，但冷静下来之后我非常苦恼，不知道是否该将这一场景放进电影里。父亲大概一生只对母亲怒吼过一次。虽说他当时的样子保留在了视频里，但真的可以公开吗？父亲本来就不是那样的人。如果让父亲的人格受到侮辱的话，身为女儿的我还是于心不忍。

但是，我最终决定将这个镜头放进电影里。因为在编辑室看了好几遍之后，我发现当时的父亲并不是情绪化地怒斥母亲，而是为了母亲才呵斥她的。父亲曾多次对母亲说："带着些许的感激去生活吧。大家不是都对我们很好吗？做一个让大家都喜欢的老人吧。"尽管母亲越来越难相处，护工道本和护理支援专员小山、日托中心自悠馆的人……他们还是热情、无私地照顾着母亲。父亲训斥母亲说："大家都对你那么好，你为什么总是抱怨，为什么没有感恩之心呢？"

父亲从来没有因为阿尔茨海默病的症状而对母亲发过脾气。他知道那是因为母亲生病了，所以没办法。但是，虽说得了阿尔茨海默病，但也不能失去做人最重要的"感恩"之心，所以父亲才会呵斥母亲。

因为我意识到了这一点，所以我在电影结构上下了一些功夫。

2001年，第一次将相机对准母亲的时候，我问她："你有什么想对爸爸说的吗？"当时71岁的母亲回答说："感恩生活。虽然退休金只有一点点，但是你爸爸也让我去学习我感兴趣的书法，我真的很感谢他。"（实际上，母亲身体健康的时候，经常把对父亲的感谢像口头禅一样挂在嘴边。）我决定在电影中也加入这段采访。我觉得母亲的这段采访和父亲的斥责可以前后呼应。

母亲以前是一个一开口就会感谢父亲的人。而父亲训斥的意思是："你以前不是总对别人抱有感恩之心吗？不要连这种情感都忘记了。"我希望看过这部电影的人能够理解这一点。

每次回看父亲对母亲大声吼叫的镜头时，我都肃然起敬：我真的可以采用这样的相处方式吗？

我没办法像这样呵斥母亲，这就是我狡猾的地方。我总是考虑着节省力气。因为母亲已经得了病，无论我多么生气也只会感到疲惫，所以我就放弃了。为了不伤害母亲，也为了尽量不让我自己受伤，我遵循着"对待阿尔茨海默病患者的方法"这一指南，扮演着一个"温柔的女儿"来蒙混过关。

但是父亲不管什么指南，他凭借自己的信念，和母亲紧紧地联结在一起。做错了就是做错了，要严厉地批评。虽然得了阿尔茨海默病，但他不会放弃母亲这个人。父亲没有对母亲视而不见。我觉得自己的狡猾被暴露在眼前，甚至感受到了一种挫败感。我不得不承认，自己没有那种觉悟。我打从心底敬佩父亲的为人。

而且，母亲也感受到了父亲的严肃认真吧。听到父亲说"想死就死吧"，虽然遭受了过分言语的攻击，但母亲没有闹别扭或者自暴自弃。她好像也反省了自己的错误，在我面前流下了眼泪，然后又一如既往地跟父亲撒娇，给父亲抓痒，竭尽全力地传达着对父亲的爱。

这份信任感是两个人爱情的纽带。原来共度 60 年的人生就是这样的啊——年迈的父母身上全都是值得我这个女儿学习的地方。

其实，我最近才知道，对母亲来说，父亲好像是她"一见钟情的对象"。他们是相亲结婚的，在相亲会上见面的时候，父亲认为母亲就是一个"陌生人"，而母亲则认出父亲是那个"每天早上上班时擦肩而过的人"。于是，我最近问父亲："你为什么和妈妈结婚了呢？"父亲回答说："我也不太清楚，但你妈妈比较主动，我们发展得很顺利，自然而然就结婚了。"

啊，是母亲发动猛烈攻势的啊。我很好奇。我猜少女时期的母亲一定是喜欢上了上班路上与她擦肩而过的父亲吧。所以，相亲的时候那个人出现了，母亲很开心。她下定决心："我要嫁给他！"但母亲装傻不肯承认。虽然母亲说什么"已经忘记了"，但就算母亲变笨了，她还是清楚地记得以前的事情，所以我认为我其实是猜对了。

能和一见钟情的父亲在一起60年，就算得了病，父亲还是像这样全力以赴地去面对母亲，母亲是一个多么幸福的人啊。

虽然是后话，但我还是很在意把父亲大声吼叫的镜头放进电影里这件事。我很担心电影上映后父亲的反应。电影在吴市上映的第一天父亲就看了，但是对那个镜头只字不提，我也害怕得不敢问。但就在前几天，我偶然得知了父亲对那个镜头是怎么想的。

因为电影大受欢迎，所以父亲如今在吴市成了小有名气的人。每当父亲走在外面，就会有各种各样的人打招呼说"信友爸爸，我看了那部电影""信友爸爸，你太帅了"。每当此时，父亲都会不可思议地问道："我哪里帅呢？"就在前段时间，他突然说："啊，我知道啦。我对你妈妈发过一次火。那次很帅吗？"

我忍不住笑了出来。与此同时，我长长地松了一口气。父亲并没有认为那个镜头很丢人，非要说的话，他甚至还觉得很帅。父亲好像对电影上映这件事感到很开心，在吴市和广岛上映后的登台致辞中，他和我一起站上了舞台。他和我手牵着手对全场的观众说："我是信友直子的父亲。我已经98岁了，剩下的时间不多了，但是我女儿的人生才刚刚开始，请大家支持她。请多多关照。"他把本来就弯成了90度的腰又弯下去了一些，深深地鞠了一躬，头都快贴在地板上了。我在旁边一边牵着父亲的手一边拼命地忍住眼泪想，能做这位父亲的女儿真好。

因为战争而没有实现自己的梦想，父亲一直带着遗憾生活。

父亲不想让女儿有像自己一样的遗憾，从小就一直在我身后支持我："你就做你喜欢的事吧。"

我找到了自己喜欢的路，在影像制作这条路上一路狂奔。而父亲一直都是最理解我的人。

当我说，想把患有阿尔茨海默病的母亲和做着老老看护工作的父亲的生活制作成一部作品时，父亲对我说："为了你，任何事我都会配合。"

父亲在我面前摆出一副满不在乎的表情，但自从母亲的病愈发严重之后，他在面对我的镜头时，也有过不愉快、焦躁甚至受伤的时候吧。在执拗地要拍摄母亲崩溃模样的女儿与"作为丈夫想要保护妻子"的心情的夹缝中，他应该也曾动摇过。即便如此，他还是遵守着和我之间的约定。没有抱怨过一句，做好精神准备，一直站在相机前，也让母亲一直站在相机前，把一切都展露出来……

当我问"就拍到这里可以吗"的时候，他和母亲一样，说："直子是不会把我们拍得不好的，我相信你，没问题。"这也是一种压力……

得知电影也会在吴市上映后，父亲非常高兴。他拿着我给他的电影宣传单，挨家挨户地到熟人家做宣传。我回到老家之后大吃一惊，邻居们居然都已经拿到了宣传单。

父亲把有关于我和电影的新闻报道仔细地看了好几遍，还制作了新的剪报，小心翼翼地保存起来。

我制作的这部电影，可以弥补父亲多年来的遗憾吗？

我可以对父亲尽点孝心了吧？

虽然形式有些扭曲，但对我来说，让父母赤裸裸地曝光在镜头前的这部作品问世就是孝顺父母的方式。我想让大家感受并思考，关于阿尔茨海默病、老老看护、人活着老去、为他人着想的这些事。

从看过这部电影的观众们那里，我收获了很多很精彩的话语。因为观众的眼泪、笑容和热情的留言让我得到了鼓舞和激励，所以虽然制作过程令人苦恼但我也庆幸能将其拍成电影。大家好像都是联想着自己的父母来观看这部电影的。我见到一位观众泪流不止地说："您母亲和我过世的母亲很像，我感觉好像又见到了我的母亲一样，很幸福。"我也忍不住陪着她哭了起来。我听到年轻的观众说："好久没和爸妈联系了，我想今天晚上给他们打个电话。下次放假的时候，我也回许久没回过的老家见见爸妈吧。"我非常开心。

最后，我想和大家分享一下，我从观众那里听到的印象最深的一句话。这句话出自一位对我来说称得上是护理前辈的女性。她照看了患有阿尔茨海默病的母亲，并为她母亲养老送终。

"信友小姐，我照看并送别了母亲之后想到了一句话：'看护，是父母拼上性命对孩子进行的最后的教育。'"

我很庆幸在我父母还健在的时候能听到这句话。我发自内心地这样想。现在，母亲赌上了自己的全部，正在为我进行最后一场教育……

　　无论是谁，都避免不了衰老。上了年纪，就可能会像母亲一样患上阿尔茨海默病，变得糊涂，不借助他人的力量就无法生存下去。我感觉父亲的腰也弯了，年轻时的面容已不知去向。有人提倡要抗衰老，还出现了"老气横秋""老态龙钟"这样的词语。或许衰老并不是一个能给人留下好印象的词语。

　　但是，这也是人生的一部分啊。人活着就是这样，不全是美丽的事物。请认真观察、感受我们的生存方式……我认为母亲和父亲现在正在用自己的亲身经历来教育我。

　　而且，这场教育是要拼上性命的。所以父母的生存方式、迎接死亡的方式，我都不能逃避，必须观察到最后。我的工作就是将这些收录到视频中，再改写成文字，然后展现给大家。

"让他们来看看我们吧。我们会把所有的都展示给他们看。"

我也想对父母的这种气魄做出回应，再创作出一部新的共同作品。

代后记
父亲和母亲的现在

2018 年 9 月 30 日，晚上 10 点多。

由于 24 号台风逼近，东京暴雨。天气预报称，明天早上台风会直接侵袭关东地区。

首都圈的日本铁路发布了晚上 8 点以后的停运计划，我早早就回到家关注着气象信息。狂风暴雨来势汹汹，我在家里都感到恐怖。

突然，父亲打来电话。发生什么事了，这个时间来电话？

"你妈妈不太对劲。"

父亲说，吃晚饭的时候母亲的身体突然向左侧倾斜，差点倒下。父亲急忙扶住了母亲，让她直接躺在了地板上。

我说："要叫救护车。"

父亲很少如此惊慌失措，问道："怎么叫救护车？"

"给 119 打电话，把地址告诉他，救护车很快就会来。"

"你来打吧。"

"我打 119 的话，来的就是横滨的救护车。必须是你从吴市打出去才可以。"

我隔着电话听见母亲大声地喊："不用叫救护车,只要睡一觉就好了。"啊,好像还有意识。那时母亲的语气也很坚定,所以我真的没有想到会是脑梗死。

我真的不好意思在星期日深夜打扰别人,但我还是给护理支援专员小山打了电话。她立刻就去了母亲被急救的医院,然后和父亲一起,一直等到母亲的检查结果出来。父亲真的很坚强。

半夜三点钟,小山打来电话。然后急救医生接过电话,向我说明了母亲的病情。

"右脑脑梗死,左半身出现麻痹。但更严重的是,她倒下时吐出来的东西进入了肺部,引发吸入性肺炎。情况非常危险。这两三天或许是危险期。"

什么?情况这么严重吗?

窗外呼啸的狂风仿佛映射出我的内心世界。

我一夜无眠。天亮了,我走出家门,想着不管怎样我都要回吴市。但是由于台风的直接袭击,飞机和新干线都停运了。怎么偏偏在这种时候……

我冒着倾盆大雨,选择了比飞机班次更多的新干线。我去了新横滨站,等到列车开始运行后上了车。但是大雨过后需要确认线路的安全性,车开了一会儿停一下,开了一会儿又停一下,如此反复。最后，我到达吴市的时候已经是傍晚了。

在缓慢行驶的新干线上，自责的念头在我脑海中来回盘旋。我到底做错了什么？

我曾经在心里暗暗地对今后的事情进行了一次模拟分析。如果母亲的病愈发严重，连父亲和我都认不出来了呢？如果年长8岁的父亲先走一步，留下来的母亲怎么办呢？但是，我没有想到母亲会得上阿尔茨海默病之外的病。而且还是脑梗死，母亲血压也不高，所以我完全忽略了这一点。

如果我和他们一起生活的话，会不会更早一些发现什么异常呢？有可能从很早之前开始，母亲就有左手发麻之类的异常感觉。但是因为她得了阿尔茨海默病，所以无法将其作为自觉症状准确地表达出来，导致发现晚了。

因为之前夏天非常炎热，所以每次打电话我都会说："要多喝水，不要中暑。"但母亲有时会一觉睡到傍晚，这样不是不知不觉地就造成水分不足了吗？我还是应该待在她身边让她勤喝水吧。

我知道去想那些无法挽回的事是不会有结果的，但我还是不由自主地去想。

从几年前开始，每次和父母打电话，最后我都会说："出了什么事情要马上告诉我，我马上就回去。"而现在，真的"出了什么事",父亲联系了我,我的内心却如此慌乱。我总是把"出了什么事情"当作自己的口头禅,但我至今并没想过真的会"出什么事情"。不,是因为我不想去想,所以才没有想。即便如此,"什么事"还是不请自来地突然到访了。直到现在我才明白,家里有年迈的父母就会这样。

母亲住在重症监护室。她全身插着管子,被各种机器包围,就像一个小小的白色人偶。我跟她打完招呼后,她对我说:"直子,你回来啦。你也很忙,对不起让你担心了。这里是哪里啊?我为什么会在这种地方?"

母亲的声音虽小但说得很清楚,还夹杂着一种不知是阿尔茨海默病还是什么引起的傻气,让我松了一口气。这是对女儿坚定不移的母爱和自虐式的幽默。无论陷入怎样的困境,母亲都不曾改变。想到这里,我的眼泪都要流出来了。最重要的是,母亲的语言中枢没有受到损伤并能够正常说话沟通,面对这一奇迹我发自内心地充满感激。

父亲比我想象的更坚强,我放心了。

对于这几年的父亲来说,照看母亲虽然不能说是他生活的意义,但显然已经成了他生活的动力。所以我担心母亲突然住院,剩下父亲一个人,他会不会失魂落魄、颓废沮丧?

的确,母亲病倒后的一段时间里,父亲经常心不在焉。本来想叫我，却口误叫成了"妈妈"，我听着内心也很痛苦。但是，不愧是遇到任何事都乐观对待、勇往直前的父亲，他不知不觉地就找了"在母亲身边鼓励她"这一新的生活动力。父亲每天都会推着银灰色的爱车到母亲就医的医院看望母亲。他会坐在病床边，握着母亲的手对她说："你快回来吧。我冲了好喝的咖啡，我们一起喝吧。"有时候，父亲好像会在病房里待上两三个小时。我调侃他说："你都在聊什么呀？"父亲好像发现了自己的新使命似的说道："也没聊什么，不过我觉得我在的话你妈妈也会安心。"

母亲幸运地脱离了危险期，因为一心想着回家，就开始拼命地做康复训练。有一段时间，她已经恢复到了只要有护理人员帮忙就能走上几步的程度。

更令人不可思议的是，之前她每天都说："我变得奇怪了，怎么办才好？"现在竟也完全不说了。母亲并不是在忍着不说，而是这种想法似乎已经消失了。我也不知道这是为什么。但如果是因为得了脑梗死，让大脑发生了某种变化而从这种痛苦中解脱出来的话，这对母亲来说也许是一种幸福。

取而代之的是，母亲表达对他人关心的话语增多了。以前的母亲回来了。

每当护士为她做了什么事的时候，她都会诚惶诚恐地说："承蒙大家的照顾，真的不知道该说什么才好。"母亲也会看着我说：

"你好不容易回来，我还总是睡觉，什么都没能为你做，对不起。"

那时正好赶上电影上映，我多次往返于吴市和东京，脸上一定流露出了疲惫。母亲还安慰过我："你要注意别累垮了。"

啊，我最喜欢的母亲回来了……我现在觉得，那时母亲令人难以置信的平静是上帝送给我们家的礼物。

这样过了三个月之后，母亲恢复得很顺利，但年末的时候，左脑也出现了梗死。遗憾的是，母亲已经无法再进行康复训练了。这次，母亲的语言中枢也受到了损伤，连话也不太能说了。

母亲的吞咽功能也下降了。因为难以吞咽食物，母亲再次引发了肺炎，所以我们决定进行胃瘘手术。母亲以前就很喜欢吃东西，现在剥夺了她吃东西的乐趣，非常可怜，至今我仍然感到很心痛。但是和营养不良、身体越来越衰弱相比，我做出了这一痛苦的决定。

母亲现在在疗养医院基本上是过着卧床不起的生活。她虽然有意识，但大多时候是在睡觉。母亲一个人没办法翻身，所以护士会定期帮她改变身体姿势，防止生褥疮。母亲的手脚也变得像棍子一样细。母亲每天在病房的床上都想些什么呢？一想到这里，我也陷入了悲痛之中。但即便如此，每当我走进病房，母亲都会大声地喊出我的名字："直子！"我最近一直在想，即使母亲只有在那一刻因为"女儿来了"而心情愉悦，那也就足够了。

因为谁都无法阻止人衰老。身为女儿的我能做的，就只有代替母亲本人决定接受怎样的治疗，并从医生给出的选项中进行选择。

面对这样的母亲，父亲还是一如既往地对她说："快点回来吧，我等着你呢。"父亲真的认为母亲还能回家吗？我不敢问父亲的真实想法，因为父亲看上去似乎还抱有希望。他希望母亲再次回到家里，期盼着两个人还可以一起喝父亲冲的咖啡的那一天能够到来。

我想，如果父亲愿意这样去相信，那也没关系。我不知道父母今后会怎样，但如果父亲的愿望没能实现，剩下父亲一个人的话，那个时候我只要竭尽全力支持父亲就好了。我终究是无法取代母亲的，但我已经做好了用自己的方式来支持父亲的觉悟。

那个时候，就是我要回到吴市老家的时候。我认为这也算是对一直以来让我从事心之所好的父亲的补偿。

那个时候，我不会再用"我还是回来比较好吧"这种狡猾的方式来提问，让父亲说出对我自己有利的回答。我会明确地告诉他："因为我想和你在一起，所以我回来了。"